베이비 브라운

김설야 장편소설

청어

베이비 브라운

김설야 지음

발 행 처 · 도서출판 **청어**
발 행 인 · 이영철
영　　업 · 이동호
홍　　보 · 천성래
기　　획 · 남기환
편　　집 · 방세화
디 자 인 · 이수빈 | 김영은
제작이사 · 공병한
인　　쇄 · 두리터

등　　록 · 1999년 5월 3일
(제321-3210000251001999000063호)

1판 1쇄 발행 · 2022년 1월 10일
　　2쇄 발행 · 2022년 2월 10일

주　　소 · 서울특별시 서초구 남부순환로 364길 8-15 동일빌딩 2층
대표전화 · 02-586-0477
팩시밀리 · 0303-0942-0478

홈페이지 · www.chungeobook.com
E-mail · ppi20@hanmail.net
I S B N · 979-11-6855-000-1(03810)

베이비 브라운

김설야 장편소설

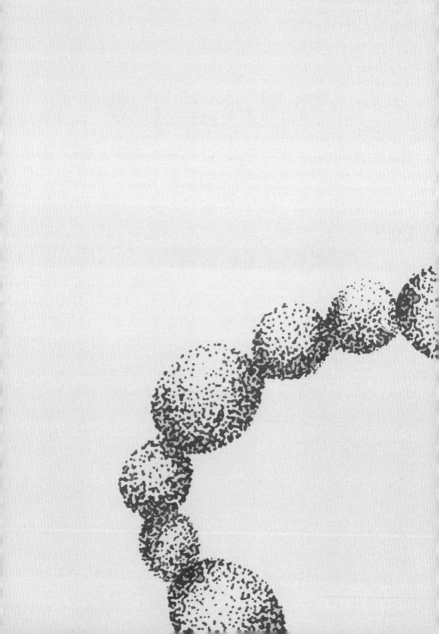

영문 약자 ESL에 대해 제2언어로서의 영어라는 주석을 달지 않아도 알아듣는 영어대중화 시대 원어민 영어학습 전문가들에게서 듣는 그들만의 성공스토리는 재미있다. 그렇지만 필자가 원하는 이야기는 아니다. 필자는 미국에도 있고 한국에도 있고 과거 현재 미래에도 있을 수밖에 없는 어떤 이야기가 필요했다. 그런 이야기를 들려줄 누군가를 찾아다녔다. 마침내 그런 사람을 만났다. 이 책은 미국인 로이 박사로부터 전해들은 미국땅의 이야기지만 이야기지만 대한민국 우리의 이야기다. 과거에도 있었다. 지금 이 순간에도 일어나고 있고 먼후일에도 일어날 수밖에 없는 우리 모두의 이야기 세계의 이야기다.

제1장 고백성사에는 서른 살 넘은 주인공이 헬레나 루이스 앤 클라크사회복지국으로 찾아가 신원조회를 요청한다. **제2장 어린 도망자** 편에는 보육원 탈출과 위탁모의 아동학대에 시달리다가 소년원으로 옮겨진다.

제3장 구원의 아침에는 주인공이 큰형들한테 성폭력 당하고 소년원 탈출한다. 갱단 생활 갱단 탈출 맹인 할머니와의 만남 베트남 전쟁터에서 포로생활과 전쟁고아 입양 보내기 보석마을 진압 작전 베트남 아내 죽음에 관한 이야기다.

제4장 에스키모마을 이주에는 주인공이 캐나다 뉴펀들랜드 에스키모 마을에서 고엽제 암과 전쟁 트라우마와 싸우며 유기아동 입양사업 펼친다. **제5장 기회의 땅 한국**에서 35년 영어 학습 전문가로 사는 노 교수 후반기 일상이다.

미국 땅에서 사건이 발생한 만큼 미국의 장소 인명 등을 차용한 점 미리 밝혀둔다. 어린 도망자를 따라가는 길 위에서 만난 사람과 이야기는 대부분 필자의 상상으로 만들어졌다. 독자의 이해를 돕기 위해 5~60년대 아메리카 미합중국의 종교와 역사 특히 몬태나 지역 사회 환경을 담아내려는 노력이 있었다.

도서출판 '청어' 이영철 대표님과 편집팀에 감사드린다. 이은정 표지 그림 작가님 자료 번역에 힘써준 홀든 선생과 리샤에게 고마움 전한다.

Thank you for the good material Dr. Roy.

(로이 박사님 좋은 소재 주셔서 감사합니다.)

관악산 아랫마을 박미에서

목차

제5장
기회의 땅, 한국에서

핏덩이로 버려진 어린 영혼들에게,
아동학대로 상처받은 청소년들에게,
그 기억을 지우지 못해 아파하는 이들에게
위로와 희망이 되기를 기원한다.

아울러 베이비 브라운을 거두어주신
맹인 할머니 헬렌을 추모하며
베트남 전장에서 저격수 로이 손에 희생된
150여 명 북베트남 군인들의 명복을 빈다.

⟨Roy Hewitt Beadle Jr⟩ 박사

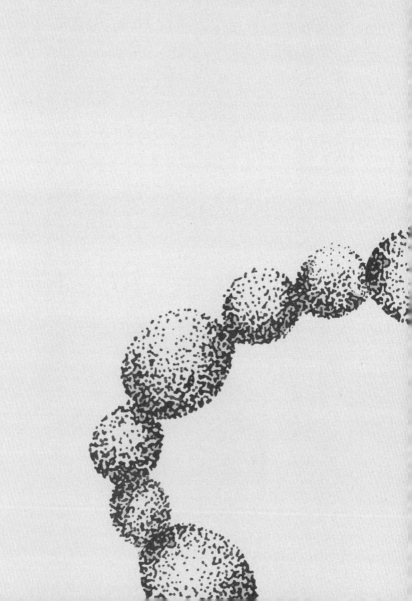

제1장

고백성사

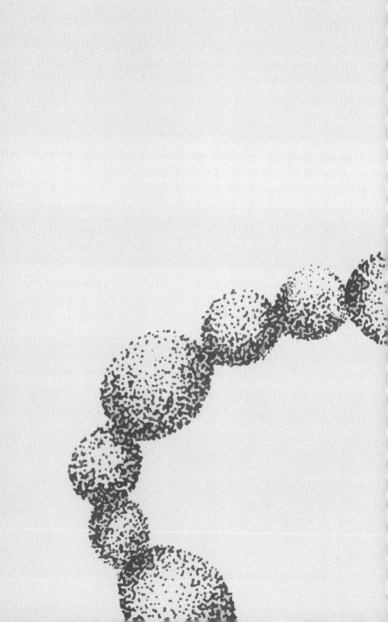

출생 기록지

그는 딸아이 영어선생이다. 그의 이름이나 나이, 성별, 어디에 사는지 어느 나라에서 왔는지 아는 게 없었다. 알고 싶었다면 딸아이한테 물어봤을 테지만 그러지 않았다. 그에 대해 그토록 무심했던 것은 영어 대중화 시대 원어민 영어강사가 넘쳐나는데 누가 가르치든 아이가 만족해하는 영어학습이면 족했다. 타인에게 얻어들은 정보가 누구를 재는 기준이 되고 선입견이 되는 우를 범할 수 있다는 조심스러움도 작용했다. 남성인지 여성인지 모르면서 그로 표기하는 것은 잘 알지 못하는 누군가를 제3자에게 소개할 때 지칭하는 내 언어 습관이다.

딸아이는 몇 년째 영어회화 전문학원에 다녔다. 청년들에게 영어가 필수가 되어버린 현실과 영어회화의 어려움 잘 알기 때문에 권할 수도 말릴 수도 없었다. 말린다고 들을 아이도 아니어서 지켜보고만 있는데 '다닌 만큼 성과가 없네, 입트(입이 트이는 영어)가 안 되네' 학원 바꾸고 선생 바꾸고 아우성을 쳤다. 우리말 우리글 어법에 맞게 문법에 맞게 회화도 번역도 모어가 바탕이라고 설명했지만 듣는 둥 마는 둥이었다. 조선의 지식인들이 청나라에 갔을 때 만리장성보다 높은 언어장벽 앞에서 필담으로 청의 지식인들과 교류하고 우정을 쌓아가는 이야기도 나 혼자만의 공염불이 되고 말았다. 그동안 '영어에 투자한 돈이 얼마인데 노력과 시간이 얼마인데 직장 업무에 필요해서 배울 수밖에 없다'는데 어찌하겠는가 그럼 네 맘대로 해라 내버려뒀다.

주말에는 한국에 사는 동남아 유학생들의 커뮤니티까지 찾아다녔다. 영어의 장벽을 뛰어넘으려고 하는 아이의 집념과 노력을 보면 극복할 것 같았다. 직장이다 학원이다 딸아이는 나보다 더 바빴다. 얼굴 보기도 힘들었다. 나 역시 출퇴근하는 직장인이어서 딸아이와 교류하는 특정인에 대해 이런저런 정보를 주고받는다는 것은 사실상 불가능했다.

지난해 가을이고 어느 저녁 무렵이었다. 딸아이가 현관문을 열고 들어오면서 영어를 뱉어내기 시작했다.

"엄마는 오늘 무얼 하셨나요? 아픈 곳은 없나요? 식사는 하셨나요…" 등등 발음이 좋았다. 나처럼 몇 문장 외워서 하는 그런 영어가 아니었다. 어휘구사력도 상당했다.

"어~, 돈 뿌린 값 하나 보네."

입 트이는 영어에 성공한 딸한테 해준 대답이다. 영어로 물으면 영어로 답을 해야 세련된 엄마라는 소리를 들을 터이지만 그렇게 되고 말았다. 책상 위에는 석탑이 아닌 영어책 탑이 생겼다. 벽에는 영어 단어와 숙어 영어 메모지들이 나붙었다. TV에는 CNN뉴스에서부터 EBS 영어강좌 영화… 등 불과 2~3년 사이에 집안은 영어에 점령되고 말았다.

딸아이가 회사에서 영문 메일 처리 업무를 주로 하는 줄 알았는데 회사를 방문하는 영어권 손님 안내와 통역까지 맡고 있다니 엄마는 따따블 감사하고 코로나 감염증 시대 직장 잘 다니고 있으니 더 바랄 게 없었다.

어느 날, 영어선생이 내 안부를 묻더라고 하더니 어느 날에는 영어선생이 나를 만나고 싶어 한다고도 했다.

딸아이가 자신에게 맞는 영어선생을 찾아다니는 것은 인정한다. 영어학습 특성상 전달 효과를 높이기 위해 교사는 학생에게 친숙한 부모님의 근황이나 형제자매와 관련해서 문항도 만들고 예문도 만들어 활용할 수가 있다. 다만 그것은 주어진 학습 시간에 한정되는 것이지 사적으로 이어지고 연결될 필요는 없다. 딸아이는 초등생이 아니다. 외국유학을 꿈꾸는 유학준비 생도 아니다. 직장인 영어학습자 반에서 강의 듣는 제자의 엄마를 선생이 만나고 싶어하는 데는 그만한 이유가 필요했다. 아무리 생각해도 납득할 수 없었다. 영어회화에 목마른 딸아이오역으로 치부하고 말았다.

그러고도 한 해가 더 지나갔다. 딸아이한테서 얼핏 비즈니스 고급영어가 필요하다는 말을 들은 게 있고, 입트 영어 성공했으니 그 선생의 강좌는 그만 둔 줄 알았다. 그런데 하루는 딸아이가 내 눈 앞에 제 카톡을 들이밀었다.

"하이 맘~"

첫 줄에서 영어선생이 나에게 보낸 메시지라는 것을 알았다. 그는 내 전화번호를 몰라서 딸아이한테 전달해 달라고 부탁했다는 것이다.

메시지 첫 줄에는 아이 영어회화 능력 칭찬이고 다음 줄부터 내가 하는 일을 알고 있다. 나에게 들려줄 이야기가 있는데 아주 많다고 했다. 자신의 생일파티에 초대한다는 내용이었다. 파티 장소는 그의 자택이었다. 거절하지 말고 꼭 와 달라는 당부까지 곁들였다. 당부에 간절함이 느껴졌다. 내가 하는 일을 그가 알고 있다는 것은 딸에게 물어보나마나 상황영어에 나를 두루 활용했다는 의미이기도 했다.

나는 선생의 제자도 친구도 지인도 아니다. 영어학습 때문에 그를 거쳐 가는 여러 제자 중에서 한 명의 학부모일 뿐이다. 얼굴 한 번 본 적도 없는 이방인이 커피숍도 아닌 집으로의 초대여서 난감했다. 전화인사, 꽃화분 전달? 그날이 일요일이니 직장일 핑계 댈 수도 없었다. 메시지에 읽혀지는 간절함 때문에 내키지 않지만 딸아이 편에 승낙 의사를 전했다.

그날 딸아이한테서 받은 서대문 쪽 그의 집 주소로 찾아갔다. 푸른 대문 앞에서 기다리는 동남아 청년을 따라 선생의 집안으로 들어섰다. 현관문이 열리자마자 여기저기서 웰컴! 웰컴!이 쏟아져 나왔다.

"하이 맘."

그가 손을 내밀었다. 반가워 죽겠다는 표정이었다.

"해 피 버 스 데 이 투 유."

최소한 생존 영어 콩글리시 소리 듣지 않으려고 발음도 분명하게 선생의 생일을 축하했다. 세상에 태어나서 누구에게 그런 인사를 해본 기억이 없을 만큼 나는 정중

했다.

"어~언 빌리버블~(unbelievable)."

선생이 훼훼 손사래를 쳤다. 목소리 톤이 꽤 높았다. 나이 촌수 구별 않고 너나들이 남발하고 별 거 아닌데도 원더풀, 뷰티풀 입에 달고 사는 이들이기는 하지만 손님 초대해놓고 이 무슨 망발인가 못 믿겠다니 자존심이 살짝 상했다.

'그만 돌아가 버릴까…?'

내 뒤를 따라 들어온 선생의 제자로 보이는 청년한테 유사한 상황이 벌어지면서 나의 실수나 발음의 문제가 아니라는 것을 알았다. 불편했던 감정이 해소되었다. 선생은 자신의 생일 자체를 부정하고 있었다. 부정의 강도가 한국의 5~60년대 어른들한테서 가끔 듣게 되는 호적 나이와 실제 나이가 다르다고 말하는 것과는 성격이 매우 달랐다. 궁금증이 일었다. 저 남자가 자신의 생일을 저리도 부정하는 이유는 무엇 때문일까.

그날 선생의 생일 잔칫상은 한국에 사는 동남아 유학생 그의 제자들과 미국과 캐나다에서 온 친구와 지인들이 각자 잘하는 요리로 차린 다문화 상차림이었다. 선생의 친구 한 명이 다가왔다. 이름이 폴이라며 자기소개를 했다. 캐나다에서 왔으며 영어선생 십년지기 친구라고 했다. 한국 생활은 20년 넘었고, 영어선생에 대해 모르는 것 빼놓고 다 안다는 한국식 농담도 할 줄 알았다. 폴은 한국어에 능숙했다. 푸들 한 마리가 그의 뒤를 졸졸 따라다녀서 이 집의 주인이 폴인 줄 알았다. 폴은 나에게 오늘 파티가 끝나더라도 바로 돌아가지 말고 남아 달라고 했다. 폴의 부탁에는 거절할 수 없는 진정성이 묻어나서 나는 그렇게 하겠다고 대답했다.

영어선생 얼굴 나이로 짐작건대 손주가 있을 나이인데 가족으로 여겨지는 사람이 보이지 않았다. 본국에 가족을 두고 한국에 와서 사는 외국인을 여럿 봐서 그에게도 그럴지 모른다고 추측했다. 웅성거림 속에서 누군가 선생한테 아내와 아들의 장례식에 참석하지 못한 미안함과 뒤늦은 위로를 전했다. 두 사람 사이에 오고 간 죽음의 시차 3개월과 백일 아들이라는 표현이 귓전에 착 달라붙었다. 산모가 아기를 낳다가 잘못된 것은 아닌 것으로 보였다. 그럼, 엄마가 먼저인가 아기가 먼저인가, 사고사인가. 선생의 연령과 백일 아들이란 부조화가 종잡을 수 없게 만들었다. 나를 초대한 이유가 두 사람의 죽음에 들어있을지도 모른다는 생각을 했다.

선생은 미국인이다. 엄마 뱃속에서 이미 하나님을 만났을 테니 그도 크리스천일 것이다. 그에게서 자신의 종교적인 신념에 대한 이야기가 조금 나오더라도 들어줘야지 토 달지 말아야지 기도합시다는 식사합시다로 이해하고 문화 차이 언어장벽 두루 감안해서 말하기가 아닌 듣기 모드로 가야지⋯ 내 마음 내 생각부터 다독일 필요가 있었다.

생일상 앞에서 선생의 기도는 길지 않았다. 일용할 양식을 주신 그분께는 감사와 파티에 온 모든 이들에게는 건강과 축복을 기도했다. 나의 방문에 특별한 은총을 기원하는 내용도 있었다. 기도가 끝나가는 아멘 바로 앞에서 신의 눈길이 참새에게도 머물러주시라는 대목이 예사롭지 않은 울림으로 다가왔다. 참새는 작은 것, 어린 것, 변변치 못한 것의 통칭이라는 내 인식 때문인지 모르지만 어린 시절의 어떤 경험이 이 남자의 의식을 관통해버린 것은 아닐까. 절대자께서 오늘 여길 지나가시다가 이 기도를 들으셨다면 인간이 저지른 악행에 등 돌렸다가도 다시 인간의 편에 서주시지 않을까.

점심 식사를 겸한 파티가 길어지면서 하객들이 대부분 돌아갔다. 입트영어에 성공한 딸아이와 함께 온 아이 친구 세라도 가고 폴과 나 선생의 반려견 거스가 남았다.

"Gus~ Where's Gus?~"

선생이 몇 번인가 불렀지만 거스가 보이지 않았다. 소파 뒤에도 없네, 책상 밑에도 없네 궁시렁대던 선생이 방에서 씨익 웃으며 나왔다. 거스가 큰방 침대 밑에서 자고 있는데 코 고는 소리가 장난이 아니라고 했다.

"이 친구야, 거스가 당신을 닮았잖아."

핀잔인지 칭찬인지 대뜸 선생의 말을 폴이 되받는 바람에 한바탕 웃음보가 터졌다.

폴의 설명에 의하면 거스는 할아버지다. 영어는 아주 잘 알아듣는다. 중국어도 제법 알아듣고, 한국어는 조금 알아듣는다. 사람이 아닌 강아지가 3개 국어를 이해하게 된 것은 선생을 따라서 이 나라 저 나라 다니다가 그렇게 되었다. 선생의 하루 일과는 이른 아침 반려견과 산책으로 시작된다. 거스는 선생과 함께 하는 아침 산책의 의미를 잘 안다. 이제부터 나 혼자 집지켜야 한다로 이해한다. 끼니는 급여기 가서 찾아 먹고 생리 현상은 배변 패드에서 해결한다. 낮 시간에는 혼자 두는 데도 저지레 하지 않는다. 선생이 퇴근해 돌아오면 길길이 뛰며 매달리는 거스는 선생의 아내와 아들이 저 세상으로 떠난 그날

부터 서로에게는 유일한 가족이다. 서로를 지켜주는 수호
천사다.

선생이 커피를 내려오겠다며 주방으로 간 사이에 폴에
게 선생의 아내와 아이의 죽음에 대해 아는 것이 있느냐
고 물었더니 폴이 웃으면서 말했다.

"저 친구에게 직접 물어보세요. 오늘, 아마, 김 작가님
께 고백성사를 보게 될 겁니다."

폴은 내가 작가라는 것을 영어선생한테 들어서 알았
다고 했다. 나의 허락 없이 한 분 작가를 친구와 공유하
게 된 무례를 용서해 달라며 너스레를 떨었다. 영어선생
에게는 친구인 폴에게도 털어놓지 못하는 사연이 있다고
했다. 두 사람 십년지기지만 선생이 먼저 이야기하지 않
는데 폴이 캐묻기가 쉽지 않더라고 했다. 어느 날 선생
은 내가 작가라는 것을 알고부터 가슴 속 이야기를 들어
줄 적임자로 '찜'해놓고 만날 날을 기다렸다는 것이다. 폴
은 선생의 이야기가 좀 지루하더라도 귀를 기울여 달라고
했다.

커피콩 블렌딩과 로스팅에 대한 식견이 부족해서 설명
할 수는 없지만 선생이 드리퍼에서 내려온 커피는 풍미와
바디감이 좋았다. 커피 내리는 솜씨가 보통이 아니어서

두고두고 마시고 싶어질 거라고 칭찬했더니 "땡큐~"가 연발로 나왔다. 낯선 환경 낯선 사람들로 인해서 만들어진 긴장이 달고 따뜻한 커피 한 잔에 풀리는 것 같았다.

　영어선생은 제2외국어영역(ESL) 영어학습전문가 전직 교수였다. 한국에 온 지 35번째이며 2년 전에 은퇴했다. 그는 아메리카합중국의 41번째 주 몬태나 헬레나에서 출생했는데 집 주소나 번지 같은 것은 모른다. 누가 알려주는 사람도 없었다. 헬레나는 몬태나의 주도이고 서부개척 시대 금광이 있던 자리다. 지금도 땅을 파면 금 부스러기가 나온다고 하는데 선생은 한 번도 금 부스러기를 본 적이 없다. 어쩌다 그곳에 가게 되면 금 한 덩이 주울까 해서 땅만 보고 다닌다는 말에 폴이 '아~암 옳거니' 했다. 오래전에 이 고장에는 주정부 시설 보육원이 있었다. 선생은 그 보육원에서 어린 시절을 보냈다. 그곳에서 유치원도 다녔다. 초등학교 4학년 때 위탁가정에 들어갔다가 다시 소년원으로 옮겨졌다. 소년원에서 도망친 이력과 시카고 갱단에서 탈출한 이력도 있었다.

　다문화 생일잔치 상 앞에서 제자들이 폭죽 터뜨리고 친구와 지인들이 박수치며 '해피 버스데이 투유~'를 합창

하는데 벌떡 자리에서 일어나 손사래치며 어언빌리버블을 외치던 선생의 이름은 〈BABY BROWN〉이었다. 미국에는 성명 체계상 부르는 이름이 맨 앞에 나온다. 가문을 의미하는 성씨는 맨 뒤에 쓰고 미들네임이라는 것은 중간에 있는데 요즈음은 중간 이름이 아예 없는 이름도 많다. 미들네임은 존경하는 인물이나 본받고 싶은 사람의 이름을 갖다 쓰는데 남의 이름 가져다 쓴다고 해서 법원의 허락이 필요하다거나 비용은 지불되지 않는다. 1946년 1월 31일생 선생의 호적 명 베이비 브라운은 한국의 석이, 철이, 영이처럼 흔하고 부르기도 쉽다.

이 이름이 태명이나 아명이었다면 부모님의 사랑 듬뿍 받은 아이다. 선생은 열 살쯤 보통 미국 아이들의 이름과 다르다는 것은 느꼈지만 누구에게 물어봤던 기억은 없다. 보육원 원생들 중에 자신과 비슷한 형식의 이름이 있었는지도 모른다. 누구한테 작명 경위를 들었다거나 이름 때문에 놀림 받았다는 생각도 나지 않는다. 그냥 첫 글자 베이비가 싫었다. 보육원생 어린 꼬마가 보모 옷자락을 붙잡고 서서 자신의 이름에 대해 설명해달라고 매달렸다면 어떤 대답을 들었을까.

'어린 것이, 그걸 알아서 뭣해. 넌 원래 그래, 처음부터 그랬어…', 아이의 처지를 이해하는 누군가는 아무런 대답도 못하고 '쯧쯧' 혀를 찼을지도 모를 일이다.

선생은 열여덟 살 때 국가의 부름을 받았다. 미국이 선언한 세계평화와 자유민주주의 깃발 아래 한국군도 참전했던 밀림 속 전쟁터 베트남전에 파병되었다. 그곳에서 죽을 고비를 무수히 넘기고 구사일생 살아 돌아왔는데 북베트남군 저격수가 쏜 총에 맞고 치료받았던 무릎 관통상이 재발했다. 무릎치료 도중에 고엽제로 인한 전신암이 발병했다. 이 암 저 암 수술 재수술 회복기 거치고 전쟁 트라우마 증후군까지 극복하고 났더니 선생의 나이는 서른 살 넘어버렸다.

죽었구나 하면 죽지 않고 살아나기를 반복하면서 깨닫게 된 '명줄이 꼬리에 달린 남자' 이 남자 앞에 정체성 확인이라는 과제물이 기다리고 있었다.

'나는 누구인가. 나의 부모는 어떤 사람인가…' 잊어버리자니 찜찜했다. 무시하자니 궁금해서 견딜 수가 없었다. 미룰 수 없는 과제물이고 언젠가는 해야 할 숙제였다. 선생은 '생모의 이름만'이라도 알고 싶어서 그 옛날 금광마을 헬레나로 갔다. 루이스 앤 클라크 사회 복지국 민원실 찾아가서 신원조회를 요청했다.

담당 공무원이 오래전 자료라서 찾을 수 있을지 모른다며 고개를 갸웃거렸다. 민원인의 요청이니 거절하지 못하고 30여 년 전 몬태나 주립병원에서 작성된 출생기록부라는 것을 가져왔다. 빛바래고 냄새도 났지만 공문서였다. 아기를 발견한 날짜, 성별, 아기 이름, 주 정부의 유기아동 처리법 절차에 따른 기록은 충실했다. 주립병원 신생아실에서 1개월 입원 후 국가 보육시설로 옮겨간 내용도 나왔다. 아기 몸무게나 배꼽 떨어진 기록 따위야 처음부터 기대하지 않았다. 다만, 생모 이름 정도는 있을 줄 알고 걸음 했는데 엄마 이름 자리가 빈칸으로 남아 있었다. 담당 직원의 부연 설명도 들었다. 주립병원은 1958년 화재로 모든 기록물이 사라졌다. 실버 보 카운티 뷰트 소년원은 1960년에 폐쇄되었다. 주정부 보관문서 5년이라는 법령에 따라 기타 있을 법한 문서들도 모두 폐기되어 그 이상의 확인은 사실상 불가능하다는 것을 알았다.

신생아 신상 대장에 생모 이름이 있었다면 관련 정보는 모두 참이다. 생모가 병원에서 아기를 낳고 돈이 없어서 도망쳤다고 하더라도 출생 연월일 이름 베이비 브라운 모두 참이다. 하지만 그녀가 병원 밖에서 아기를 낳은 뒤에 어딘가에 버렸다면 이야기는 사뭇 달라진다. 아기가 얼마간 남의 집 업둥이로 있다가 병원으로 왔다거나 누군가의 신고로 경찰관이 수습해서 병원으로 데려온 경우였다면 성별 외 아무것도 믿을 게 못 된다. 주립병원 측에서 작성해놓은 당일 접수기록일 뿐이었다. 신생아 생존율이 낮던 시대 탓이나 사회 환경 탓이라고 할 수도 없었다. 다자녀 가정의 빈곤 문제와도 성격이 달랐다. 불의의 사고로 엄마 아빠 잃어버린 아기라고 할 근거는 어디에도 없었다.

한반도 면적 2배 가까운 몬태나에는 1860년대 금맥 발견과 더불어 찾아온 골드러시 시대가 있었다. 금광과 은광 구리광산에 은 처리 개발의 역사가 있었다. 일찌감치 북태평양 철도가 개통되면서 2차 세계대전 때는 경제특수를 누렸던 도시다. 선생은 그날 지팡이 짚은 마을 어르신 두 분으로부터 헬레나 중앙시장 뒷골목 홍등가와 매음굴의 목격담을 들었다. 선생처럼 비슷한 사연을 갖고 찾아오는 이들이 많은데 그들이 생모 이름을 제대로 알고 가는 경우는 못 봤다며 어르신들은 공연히 시간 낭비하지 말고 지금에 충실하라고 했다.

1950년 전후 몬태나 지역 사회의 특성이며 병원 입원

1개월 후 보육원 이송이라는 기록으로 비춰볼 때 베이비 브라운은 병원에서 태어난 신생아가 아니었다. 아기의 발육상태가 나쁘지 않아서 병원 측이 국가 시설로 조기 이송을 결정했다면 아기 출생일은 1945년 12월 어느 날이 될 수도 있었다. 이를 제대로 아는 사람은 아기를 낳고 버린 선생의 생모뿐이었다.

미국 사회에서 피임약 '에노비드'가 1960년 5월 시판되었다. 그것도 미합중국 전체가 아닌 일부 주에 한해서였다. 그러니 그 세월 얼마나 많은 핏덩이들이 버려졌을 것인가. 베이비 블랙 베이비 블론디 베이비 레드… 등으로 호명되다가 질병과 굶주림으로 죽어간 생명은 또 얼마나 많았을까. 선생의 입에서 어~언~빌리버블이 튀어나올 만도 했다. 선생은 운 좋게 살아남은 목숨이다. 명줄이 꼬리에 달린 남자라는 그의 표현에 일리가 있었다.

몬태나 주에서 발생한 유기아동 보호자는 주 정부다. 베이비 브라운은 주정부로부터 돈을 받고 돌봐주는 보모들의 손을 거치며 양육되었다. 국가 시설이니 유치원도 다녔지만 선생이 기억하는 얼굴은 아무도 없다. 보육원의 환경이나 또래들과 지냈던 추억도 없다. 누군가의 손에 이끌려 이리저리 불려 다닐 때 베이비 브라운으로 호명되던 기억은 흐릿하게나마 존재한다. 온통 어둡고 흐릿한 기억 더미 속에서 유독 선명하게 기억나는 게 하나 있다. 물론 시점이나 장소는 모르고 누군가로부터 학대를 당할 때다. 선생은 그때 온몸에 가해지는 끔찍한 고통과는 다른 밝고 따듯한 세계를 경험했다.

"내가 눈으로 본 건 아니라오. 오감으로 느낀 세계였소. 고통스런 현재와는 아주 다른 평화로운 세계 말이오."

베이비 브라운이 소년으로 성장하면서 그 세계가 담고 있는 공기와 정서는 그대로인 채 누군가로 바뀌었을 뿐이다. 국가 보육원에서 신체적 정서적 학대가 반복될 때마다 소년은 누군가에게 속하려고 몸부림쳤지만 소용없었다. 보육원 측에서도 손 놓고 바라보고만 있지는 않았을 것이다. 나름 위탁가정이나 양부모 찾아주려고 노력도 했을 것이다. 그 일환으로 이 아이도 어느 가정에 입양 보내졌다가 파양되는 과정에서 겪은 고통을 이야기하는 것은 아닐까.

'누가 나를 때렸지? 끔찍한 아픔 속에서 느꼈던 그 세계는 뭐지?'

'보육원 보모들한테 위탁모한테 소년원 형들의 학대에 시달리면서도 그 세계에 대한 희망은 저버릴 수 없었노라

보육원에서 뛰쳐나오면서 위탁모의 아동학대로 소년원에 옮겨졌다가 탈출하는 화물열차 안에서도 가야 할 행선지는 그 세계였노라' 갱단에서 빠져나와 떠돌아다녔던 그 시간까지 뒤돌아보면 그 세계를 찾아가는 여정이었다는 선생의 술회에 폴이 발끈했다.

"이 친구야 탈출이 여정이면 아홉 살 이전에도 국가 보육원을 내 맘대로 내 집처럼 드나들었노라고 해라."

폴의 핀잔과 면박을 선생은 웃음으로 넘겼다.

선생은 대학시절 도서관에서 스위스의 아동심리학자 장 피아제 교수의 '아동인지발달' 시간표를 접하면서 두 개 문항의 답을 찾았다. 피아제가 말하는 아동의 인지발달은 신체적 반사능력 4단계(감각운동기, 전조작기, 구체적 조작기, 형식적 조작기)를 거치며 성장한다는 이론이다. 아기가 모체와 한 몸이 아님을 인지하는 시기가 생후 24개월쯤인데 이것이 감각운동기(Sensory-motor stage)라는 이론 앞에서 선생이 품었던 의문은 해소되었다. 해답을 얻으면서 느꼈던 후련함이 채 가시기도 전에 선생은 다른 두 문항에 또 붙잡혔다.

"그럼 이 세상에 모든 아이들이 두 살 전후에 매를 맞았던 고통을 기억할 수 있을까? 어른이 되어서도 느낌뿐이었던 그 세계가 과연 생각이 날까?"

분명한 해답이 필요했다. 해답 없이 살아갈 자신이 없었다. 지금까지 인내와 노력이 물거품처럼 사라질 것만 같았다. 마지막으로 상황극이나 한번 해보자였다. 극중 장소는 몬태나 주립병원 신생아실 시간대는 한밤중 선생 자신이 간호사가 되는 설정이었다.

"난 우유도 싫어, 잠을 잘 수 없어, 엄마 와라~"

아기는 엄마한테 버림받을 때 충격으로 계속 울고 보챘다. 당직 간호사는 다른 아기들이 깰까 봐 전전긍긍했다. 세상모르고 잘 시간인데도 잠들지 못하고 보채는 베이비 브라운을 안고 있었으니 팔이 아팠다. 어르며 달래다가 지칠 대로 지쳐버렸다. 화도 나고 짜증도 났다. 그래도 참다가 또 참다가 어느 한순간에 그만 나이팅게일 선서보다는 간호사 자신의 손이 먼저 나왔다. 우는 아기 볼기짝 꼬집고 손바닥으로 때리기도 했다.

핏덩이나 다름없는 신생아가 성인이 되었을 때 영아 시절 간호사한테 꼬집히고 두들겨 맞았던 고통을 기억한다는 것은 불가능했다. 그 순간의 느낌과 상황을 어른이 되어서도 간직한다면 억지도 그런 억지가 없었다. 선생은 피아제의 인지이론과 자신이 설정한 상황극에서 해답을 얻었다. 자신이 인지했던 그 세계 시점은 국가보육원에서 양육되던 두 살 전후로 정리가 가능해졌다. 선생의 남다른 예민함은 '성령의 선물' 기억 공간 어디엔가 새겨진 카인의 징표 같은 것으로 이해했다. 문항은 더 이상 만들어지지 않았다. 그날 이후 선생은 자신의 정체성 찾아 나서는 일은 하지 않았다.

CCTV가 없던 시대다. 베이비 브라운 시절의 기억을 확인한다는 것은 불가능하다. 선생이 영아시절 폭력에 노출된 현실 밖에 어떤 세계를 기억한다는 것은 그만큼 인지력이 뛰어났다는 의미일 수도 있다. 남다른 인지력 때문에 걸음마가 가능해진 시기부터 베이비 브라운의 몸과 마음은 온통 출입문 쪽으로 향해 있지 않았을까. 그러다가 침대에서 떨어지기도 하고 보모에게 혼이 난 적도 있었을 것이다. 보육원 관리자는 보모에게 아기 돌봄에 소홀했다며 꾸짖고 세심한 돌보기를 주문했을지도 모른다. 꼬마는 보모입장 아랑곳하지 않고 여전히 출입문 밖 세계가 그 세계라고 생각하지 않았을까. 보행이 능숙해지면서 문밖으로 달아나다가 잡혀 들어오기를 반복할 때 보모와의 관계는 틀어지고 아이가 느끼는 감정은 정서적·신체적인 학대 아니었을까.

보모의 입에서 엄마와 아빠 할아버지와 할머니 언니오
빠 내 동생… 가정이네 가족이네 온기가 느껴지는 단어에
아이는 남달리 반응하지 않았을까. 그런 아이한테 보모가
너 여기 가만히 있어라 한다고 그 자리에 인형처럼 앉아
있었을까. 보모 눈치 살살 봐 가면서 주춤주춤 문밖으로
달아나지 않았을까. 아이는 나가려 하고 보모는 못 나가
게 막아서는 일이 지속되면서 아동학대 상황으로 번졌을
수도 있다. 유치원에서 단체로 소풍이나 현장학습 나갈
때 초등학교 등하굣길에서 카우보이도 보았을 것이다. 봄
여름 가을 겨울의 변화와 차이도 느끼면서 담장 밖 세계
에 시선이 닿지 않았을까. 정문으로 나가려다 잡히고 샛
문으로 도망치다 혼나고 벌서고 회초리 맞으면서 보육원
구성원들에게 별난아이 문제아로 낙인이 찍혔을 수도 있
다. 백주대낮 탈출하다가 경찰관 손에 잡혀 들어온 이유
가 유니폼 때문이라는 거 알고 이때부터 베이비 브라운의
탈출시간은 저녁이었다.

보육원 첫 탈출 사건

소년은 빨리 어른이 되고 싶었다. 어른이 되면 그 누군가를 만나게 될 것이라는 기대와 희망이 너무 컸다. 그 누군가가 엄마인지 아빠인지 구체적이지는 않지만 보육원 울타리 밖에 있을 것이라는 확신 때문이었다. 나이 한 살 더 먹고 확신 한 뼘 더 커지는 가운데 아홉 살이 되었다. 소년은 그해 가을날 어느 해 질 무렵 보육원을 탈출했다. 이것이 선생이 기억하는 보육원 첫 탈출 사건이다. 그날은 보모들이나 경비한테 들키지 않았다. 실패만 거듭하던 소년이 마침내 탈출에 성공했다

"Perfect~ Go Go~"

그 세계를 향해서 달음박질쳤다. 어둠 때문인가 거리는 한산했다. 자동차도 어쩌다가 보이고 제복 입은 경찰관도 없었다. 제 딴에는 되도록 멀리 도망친다고 쳤지만 아홉 살짜리 소년이 가면 어디로 얼마나 멀리 갔을 것인가 보육원 주변에서 맴돌지는 않았을까.

몬태나주는 로키산맥 경사면에 위치한 산악 도시다. 선생은 몬태나를 알고 싶으면 '흐르는 강물처럼'(1993년 미국 아카데미 최우수 촬영상 받음)영화를 보라고 했다. 목사 아버지 리버런드 맥클레인이 노만과 폴 두 아들에게 견지(플라잉) 낚시를 가르치던 영화 속 강마을은 예전부터 소문난 낚시터라고 했다. 영화 이후 세계의 낚시꾼들과 여행자들이 스크린 속 강마을을 찾아 몰려들고 있지만 기후 환경은 화면 속 풍경처럼 보기좋고 평화롭지 않다. 봄을 느낄만하면 봄은 사라졌다. 오뉴월에도 눈보라가 휘몰아치고 여름에는 내려치는 천둥과 마른벼락에 간담이 서늘하다. 가을에는 단풍 정취를 느낄 새도 없이 겨울 외투를 꺼내 입어야 한다. 새하얀 설원과 시퍼런 하늘이 빚어내는 겨울 풍광은 뛰어나지만 영하 이삼십도 수은주와 싸움이 쉽지 않은 고장이다.

소년이 느끼는 헬레나의 밤거리는 한겨울이었다. 초가을에 지급받은 방한복 차림으로 나왔지만 냉기가 엄습했다. 추워서 돌아다니다 보니 배가 고팠다. 먹을 것 찾아 어디를 얼마나 돌아다녔는지도 모른다. 헬레나 전통시장 뒷골목에는 식당가가 있었다. 식당가 근처에는 레스토랑에서 나오는 음식물 잔반 버리는 쓰레기통도 있고 그것을 옮겨가는 컨테이너가 있었다. 쓰레기통에 상호나 식별 번호를 보았던 생각은 나지 않고 다만 푸른색 통이었다는 것만 기억한다. 까치발하고 통속에 잔반을 꺼내 배를 채 웠다. 그날 처음 경험한 식당가 음식물 쓰레기통 속 잔반 이 후일 베이비 브라운이 일용한 양식이 되었다.

소년은 주택가와 조금 떨어진 곳에 있는 공원으로 가 다가 골목에 버려진 카드 보드 박스를 끌고 왔다. 헛간 벽에 붙여 놓았지만 추워서 상자 안에만 있을 수가 없었 다. 담벼락에 등을 딱 붙이고 앉아도 춥기는 마찬가지 웅 크리고 앉아있는 것보다 돌아다니는 편이 덜 추웠다. 늦 은 밤 인적 드문 곳에서 매달릴 만한 사람을 찾을 수도 없었지만 지나가는 행인에게 매달렸다가는 경찰서에 신 고를 할지 모른다는 생각이 들었다. 선생에게는 그날 밤 따뜻하고 안전한 곳으로 가려고 몸부림칠 때 힐끗 쳐다보 던 어느 행인의 모습이 희미하게나마 남아있다.

소년이 추위에 떨며 돌아다니다가 커다란 나무 뒤에 버려진 곰 인형을 보았다. 소년은 곰 인형을 집어 들었다. 흰색인지 갈색인지 모를 만큼 때도 묻어 있었지만 온기 가 느껴졌다. 소년이 인형에게 테디라는 이름을 붙여주 었다. 테디라고 부르는 순간부터 곰 인형은 가족이고 소중한 친구였다. 그날 밤 카드 박스 안에서 테디와 이야기를 주고받다가 잠이 들었다. 테디가 꿈속에서 말을 걸어 왔다.

"아버지가 너를 지켜보고 있단 말이야~"

테디의 아버지는 베이비 브라운의 아빠이며 하나님, 그 하나님 아버지가 베이비 브라운을 지켜보고 있다는 테디의 말에 소년은 대답했다.

"나도 알아 언제, 언제 하얗고 커다란 새 뒤에 있는 큰 눈과 마주친 적이 있어."

소년은 매를 맞았다는 사실이 부끄럽기도 하지만 학대를 당하던 장면을 아버지가 알고 있다는 말에 설움이 북받쳐올랐다. 누구에게도 말하지 못했던 억울하고 기막히는 상황을 아빠가 지켜보고 있다니 눈물이 마구 쏟아졌다. 엉엉 울다가 제 울음소리에 잠이 깼다.

미국의 아이들에게 하나님은 눈에 보이든 보이지 않던 위대하고 고마운 존재다. 끼니때마다 아이들은 일용할 양식을 주신 하나님께 누군가로부터 선물을 받거나 잠자리에 들 때도 감사의 기도를 올린다. 하나님은 기도로만 만나는 존재가 아니다. 아메리카미합중국의 상징 그레이트 씰(Great Seal) 앞면 흰머리 갈색 독수리 입에는 '다수로부터 하나'라는 하얀 두루마리가 물려 있다. 뒷면 벽돌 탑 13층 꼭대기 삼각형 안에 큰 눈 하나가 세상을 응시하고 있다. 미국 사람들은 이 눈을 '섭리의 눈 신의 눈'이라고 부른다.

소년이 있던 보육원이나 소년이 다녔던 초등학교는 주 정부기관이다. 공문서들이 오고 갔을 것이다. 공식행사 장에서는 애국가 부르고 상장 수여식이나 구호품 전달식 도 있었을 것이다. 공무에 수반되는 행사요 절차요 서식 이니 국장과 국새는 빠지지 않았을 것이다. 감각 작동기 에 겪었던 사건을 기억하는 아이 몸집 작고 동작 빠른 이 소년이 국장 국새의 눈을 보았던 것은 아닐까. 꿈속에서 테디가 가르쳐준 아버지와 흰머리 독수리 눈과 뒷면의 신 비롭고 커다란 눈을 동일시했던 것은 아닐까. 선생은 그 날 밤 꿈속에서 테디와 나눈 대화에서 깊은 위로를 받았 다. 버림받은 줄 알았는데 누군가의 사랑을 받고 있다는 깨달음 이후 헬레나의 밤거리도 매서운 추위도 두렵지 않 았다.

꿈은 깨고 나면 현실이다. 다시 아침이 왔다. 소년은 배가 고팠다. 테디를 안고 길거리를 돌아다녔다. 해 질 무렵에 큰 도로변 빵집 앞에서 소년은 경찰관에게 붙잡히고 말았다. 보육원 탈출 이틀 만에 다시 보육원으로 보내졌다. 반겨주는 사람 아무도 없었지만 그곳에서 살았다. 붙잡혀 들어가면 감시가 심해 한동안은 도망칠 엄두를 내지 못했다. 자신이 일으킨 분란이 가라앉고 잠잠해지면 또 탈출했다. 하루 이틀 거리에서 떠돌다가 붙잡혀 다시 보육원으로 보내지기를 반복하는 내내 테디를 안고 다녔는데 경찰관들도 곰 인형은 빼앗지 않았다.

한 살 더 나이를 먹으면서 보육원 탈출 횟수도 늘었다. 겨울에 탈출하면 바로잡힌다는 것도 알았다. 컨테이너 안에 음식물도 얼기 때문에 먹을 게 없었다. 잠자리도 찾기가 어려웠다. 그러다 보니 탈출은 대부분 여름철이나 초가을에 이루어졌다. 국가보육원의 유니폼 때문에 오래 버틸 수가 없었다. 보육원에서는 탈출 신고를 하고 마을 주민들은 고아 발생 신고가 들어가지 않았을까. 어린 것이 겁 없이 도망치는 행위에 보모들의 시선이 곱지 않았을 테지만 소년에게는 길거리 생활이 더 좋았다. 기억 속에 그 세계를 만날 수 있다는 희망이 있었다. 행인이 던져 주는 우유나 과일 소시지도 얻어먹고 빵집 앞에서 쪼그리고 앉아 있다가 전일 다 팔지 못한 빵 우유 얻어먹을 때도 있었다. 어른들이 소년을 붙잡으려고도 했지만 잘도 빠져나가고 붙잡혀도 야단보다는 먹을 게 생겼다.

경찰관들도 악착같이 소년을 잡으려고 애를 쓰지 않았다. 붙잡아서 보육원으로 보낸다고 그곳에 있을 것 같지도 않고 열 살 미만 촉법소년에게 마땅한 처벌 조항도 없었다. 요령껏 잘도 피하고 날씨가 춥지 않으니 얼어 죽을 염려는 없었다.

'그래 요놈아 네 멋대로 해봐라, 실컷 돌아다녀 봐라. 네 놈이 배고프고 지치면 내 손에 잡힐 테고 그때 붙잡아서 보육원으로 보내 주마…'

소년은 보육원에서 가출한 어린아이일 뿐이다. 길거리에 돌아다니며 쓰레기통 뒤지고 얻어먹은 것은 있었지만 도둑질이나 소매치기를 한 건 아니었다. 책임 소재를 따지기로 한다면 원생관리에 소홀했던 보육원 측에 있었다. 보육원에서도 이 아이를 체벌할 게 별로 없었다. 원생 베이비 브라운에게는 훈육 차원에서 회초리 몇 대 얻어맞는다고 무릎 꿇고 손들고 반성한다고… 그런 체벌이 무서웠을까. 선생의 친구 폴은 '저놈 꼴통, 말썽꾸러기 문제아'로 소문이 났을 거라고 했다. 선생의 친구 폴은 아이에게는 체벌보다 보모들의 눈길과 손길이 더 차갑게 느껴졌을 것이라고 했다. 보육원 관계자들과 또래들의 눈총이나 정서적 왕따가 더 견디기 힘들었을 것이라고 했다.

선생은 열한 살 때 초가을 해가 질 무렵에 또 탈출했다. 이번에는 곰 인형 테디를 옆구리에 끼고 나왔다. 공기는 그다지 춥지 않았다. 탈출과 입소를 반복하면서 얻어진 담력 때문에 무섭지 않았다. 먹고 입고 잠잘 곳 찾는 데도 이력이 붙었다. 이틀은 신나게 돌아다녔는데 기온이 급강하하면서 사정은 달라졌다. 제 발로 뛰쳐나왔지만 먹는 것도 부실하고 잠자리도 카드 보드 박스 속이니 추웠다.

밤이 냉기를 쏟아붓기 시작했다. 사지가 떨렸다. 윗니와 아랫니가 딱딱 부딪치는 소리가 났다. 몸은 춥고 떨렸지만 밤하늘의 별들은 더 영롱하고 밤공기는 상쾌했다. 종소리가 귓전으로 날아왔다. 종소리가 어디에서 시작되었는지 누가 왜 종을 치는지 소년은 교회 공동체가 무엇을 하는지 알지 못했다. 막연하게 사람들이 많이 모이는 곳 어딘가에서 들려오는 소리일 뿐이었다. 그런데 그날은 달랐다. 여느 때 듣던 그런 종소리가 아니었다. 감미로웠다. 강렬했다. 맥놀이 소리는 또렷한 언어로 환치되어 소년의 귓전에서 속삭였다.

"아빠가 다 알고 있어. 곧 괜찮을 거야."

테디의 목소리였다. 일순간 몸 안에 멈춰있던 기관이 힘차게 작동하는 느낌이었다. 선생은 그날 느낌 그 순간에 대해 '절대자의 실존에 대한 깨달음'으로 설명하고 있다.

보육원 원생들의 저녁 식사 시간은 오후 5시다. 식사후에는 각자 놀다가 8시 반쯤 저녁 점호 받고 9시에 취침한다. 밤에는 자느라고 배가 고프지 않다. 소년의 위치는 헬레나의 겨울 거리다. 밤은 어둡고 춥다. 밤거리는 불안하고 무섭다. 어른도 아닌 철부지에게 한뎃잠은 쉽지 않다. 소년은 한자리에 있을 수가 없어 계속 돌아다녔다. 배도 고팠다. 뒷골목 식당가로 가기에는 너무 멀었다.

미 대륙에 칼라 TV가 대중화의 길을 선도하던 시대다. 먹고 살 만한 가정에서는 흑백에서 칼라로 전환하는 시류를 타고 주택가 골목에는 TV나 냉장고 고가의 오디오를 담았던 빈 박스들이 쌓였다. 시당국의 청소 인력은 쌓이는 박스를 미처 수거해 가지 못해 한곳에 모아두었다. 빈 상자 속에 들어있는 포장용 비닐과 완충제 스티로폼은 길거리 생활하는 이들에게는 방풍과 방한 보온기능을 겸한 침구였다. 소년은 이 상자를 공원 뒤편 으슥한 곳 행인들의 눈에 잘 띄지 않는 구석에다 끌어다 놓았다.

박스는 어렵지 않게 구했지만 요깃거리는 좀체 구해지지 않았다. 주택가 골목을 몇 바퀴 더 돌아다녔지만 허기를 채울 만한 게 없었다. 다시 주택가 쪽으로 들어가려는데 큰나무 그림자에 반쯤 가려진 상자 하나가 눈에 들어왔다. 빵집 유리창 너머로 보았던 케이크 상자 같았다. 뛰어갔다. 상자 안에는 사과와 오렌지, 토마토와 빵 잘라 먹은 케이크도 들어있었다. 오염된 흔적이 전혀 없었다. 아~ 이 얼마나 큰 축복인가 틀림없이 테디가 알려준 아버지가 소년을 위해 차려준 성찬이었다.

소년은 맛있게 먹었다. 포만감이 느껴졌다. 상자 밖에서는 웅~웅 바람소리가 났지만 테디와 함께 하는 잠자리는 춥지도 않고 안전했다. 소년은 버림받은 아이가 아니었다. 신의 보살핌을 받는 특별한 존재였다. 그날의 경험이 신의 눈길과 참새로 이어지는 선생 고유의 기도문이 되었다는 것을 알 수 있었다.

사회복지사가 잘 아는
수잔 여사

　지난밤의 식탁이 진수성찬일지라도 그건 영혼의 식탁일 뿐 날이 밝고 해가 뜨는 아침은 현실이다. 거리에는 칼바람이 몰아쳤다. 소년은 배가 고팠다. 따뜻한 수프까지는 아니더라도 허기를 면해야 하는데 뒷골목에 갔지만 첫 새벽에 인부들이 음식물 쓰레기통을 모두 가져가버리는 바람에 눈을 씻고 찾아봐도 요깃거리가 없었다. 허기에 손과 발이 시려서 잠시 한 자리에 머물러있을 수가 없었다. 길거리로 나왔다. 빵집 앞을 기웃거리다가 정오가 넘어 행인이 던져 주는 샌드위치와 우유 한 팩의 적선으로 허기는 겨우 면했다.

　보육원 식탁에 비하면 부실하기 짝이 없는 끼니지만 보육원으로 돌아가고 싶은 마음은 그래도 없었다. 길거리 생활이 더 편했다. 이 골목 저 골목 기웃거리며 낮 시간을 보내고 저녁 무렵에는 도로변으로 나왔다. 제복차림의 경찰관들이 거리에 돌아다녔다. 빵집 앞에서 어슬렁거렸다가 잡히는 것은 시간 문제였다. 뒷골목 식당가 쪽으로 갔다. 경찰관들이 좇아오는 낌새가 느껴지지 않았다. 소년은 가슴을 쓸어내렸다. 저녁 장사를 하려고 레스토랑들이 뿜어내는 음식 냄새를 맡게 되면서 배가 더 고팠다. 컨테이너 안으로 들어갔다. 음식물 쓰레기통 속에 빵 조각과 고깃점을 건지려고 팔을 뻗치는데 누군가가 소년의 뒷덜미를 잡아챘다. 경찰관이었다.

보육원 측에서 원생탈출 신고가 접수되면서 헬레나 경찰서에는 비상이 걸렸다. 경찰관 여럿이 출동했지만 특정된 소년을 찾지 못했다. 아침나절에는 빵집 앞에 나타난 아이를 눈앞에서 놓쳐버렸다. 다시 저녁이 되면서 수은주가 곤두박질쳤다. 눈앞에 아이가 나타나서 나 잡아가세요 할 때까지 기다릴 수는 없었다. 아이를 신속하게 붙잡아 보육원으로 보내라는 지침이 내렸다. 식당가 골목에서 경찰관들이 양쪽 골목 어귀를 막아서면서 상황은 종료되었다. 도주를 막기 위해 소년의 손목에는 수갑도 채워졌다.

선생은 나이에 비해 체구가 작았다. 작은 체구 때 구정물이 줄줄 흐르는 아이 다람쥐처럼 빠른 이 아이를 소년원으로 보내느냐 보육원으로 보내느냐 의견이 분분했다. 소년 자신의 선택은 어디에도 없었다.

"난 암 데도 안 갈 거야~"

분명하게 싫다고 말했는데도 자신을 보육원이나 소년원으로 보낸다면 도망칠 거라는 소년의 외침이 경찰서의 밤공기를 흔들었다. 경찰관들도 신중할 수밖에 없었다. 잡혀 온 이 아이에게 체벌이 통하지 않는다는 것을 알고 있었다. 소년이 글을 알고 자신의 삶을 설계하고 책임질 나이였다면 일어나지도 않았을 일이다. 설령 일어났더라도 스스로 책임지고 처리하면 그만이다. 담당 경찰관이 몇 사실 확인 절차를 거친 후에 소년은 사회복지사에게 인계되었다. 사회복지사는 여성이었다. 맹랑한 철부지 한 명 때문에 퇴근도 못했다. 그녀는 따뜻한 물수건을 갖고 왔다. 소년의 얼굴과 손을 닦아 주었다. 빵과 우유를 허겁지겁 먹어치우는 소년을 바라보는 복지사의 고민도 깊을 수밖에 없었다. 아들 같고 막내동생 같은 소년을 달래려고 책상 서랍에서 사진 한 장을 꺼내 들었다. 소년에게 보여주며 사진 속 여성은 사회복지사 자신이 잘 아는 멋진 여사님으로 소개했다.

소년은 생모 얼굴 한 번 본 적 없지만 가슴 속에 품고 있는 엄마 형상이 있었다. '내 엄마는 머리가 길고 금발이다. 머릿결이 풍성하다. 얼굴은 희고 밝고 곱다. 말씨는 따듯하고 친절하다.' 소년의 얼굴이 환해졌다. 사진 속 여성이 마음속 깊은 곳에 있는 바로 엄마의 모습이었다. 소년은 가슴이 뛰었다. 그 누군가에게 속하고 싶고 누군가의 울타리 속으로 들어가고 싶었던 꿈과 같은 현실이 눈앞에서 벌어진 것이다. 사회복지사는 그녀를 수잔 여사님으로 부르며 소년원으로 갈 때까지 잠시 돌봐 줄 사람이라고 했지만 달떠버린 아이의 귀에 잠시라는 언어는 들어오지 않았다.

소년에게는 입양이나 위탁이나 동일한 의미였다. 보육원 보모들한테서 입양과 양부모 위탁가정이라는 말은 자주 들었다. 누구는 누구네 집으로 입양되었다. 누구누구는 부잣집으로 입양갔다며 박수치던 몇 보모들의 모습이 스쳐갔다. 사회복지사가 누구에겐가 전화를 걸었다. 조금 지나서 사진 속에 그녀가 경찰서로 들어왔다. 복지사와 그녀 사이에 잠시 대화가 오고 간 후에 수잔 여사는 소년의 손을 잡고 경찰서를 나왔다. 곰 인형과 소년 베이비 브라운을 자신의 차에 태웠다. 사회복지사가 직접 일러준 말은 아니지만 몇 달만 지나면 소년의 나이가 열두 살이 되니까 위탁가정에서의 양육이 가능하다는 주 정부의 허락으로 이루어진 결정이었을 것이다.

'이 얼마나 기쁜 일인가. 저 작은 소년에게 돌아갈 집이 생겼으니 더 이상 먹고 살 걱정은 하지 않아도 될 거야, 저 여사님이라면 너를 잘 보살펴 줄 거야. 얘야. 이제는 길거리에 돌아다니지 마라. 경찰서에 제발 잡혀 오지 마라…' 위탁모를 따라가는 이 소년에게 경찰서 사람들은 모두 한마음으로 응원하지 않았을까.

"브라운 집에 가자."

위탁모 수잔은 처음부터 베이비를 빼버리고 브라운으로 불렀다. 베이비 브라운이라는 이름에는 젖비린내 난다. 촌스럽다. 고아 티가 난다고 했다. 브라운이 중학교에 들어갈 무렵에는 남자답고 씩씩한 이름으로 지어줄 것이며 법원에 가서 판사님 허락까지 받아서 평생 쓰도록 해주겠다는 약속도 했다.

소년은 이름에 베이비만 없으면 좋겠다는 생각을 여러 번 했다. 열 살도 더 먹은 자신을 아기처럼 취급하는 것 같아서 싫었다. 그런데 위탁모 수잔이 이걸 해결해 주겠다고 했으니 이 얼마나 고마운 일인가.

"Mommy(마미)!"

소년의 입에서 엄마가 저절로 튀어나왔다. 세상에 태어나서 처음으로 불러보는 엄마였다. 운전대를 잡고 있던 수잔 여사가 한 손으로 소년의 머리를 쓰다듬을 때 눈물이 나려는 것을 가까스로 참았다. 수잔의 집은 경찰서에서 그리 멀지 않은 곳에 있었다. 자동차 소음도 들리지 않는 한적한 동네였다. 큰 현관과 차고가 보이고 차고 문 위에 농구 후프가 매달려 있는 집 앞에서 승용차가 멈췄다. 위탁모 수잔 여사의 집이었다. 그동안 시멘트로 지어진 커다란 보육원만 알고 있던 소년 브라운이 처음 들어가 본 가정집 거실은 아늑했다. 딱딱한 가구들마저 따뜻했다. 무서운 사람도 없었다. 아동학대 따위 존재하지 않는 가족과 함께 사는 우리 집이었다.

위탁모 수잔은 매우 바빴다. 지역 사회에서 노인 돌봄과 동물 보호소 일을 하면서 병원 봉사도 다니고 위탁모 일도 하는 열혈 여사였다. 이웃들은 수잔에게 위탁아동 돌보기만으로도 벅찰 텐데 다양한 봉사활동을 할 수 있는 비결이 무엇인지 알려 달라고 할 정도였다.

밤이 되면 수잔은 소년의 방으로 올라왔다. 이불도 덮어주고 소년의 등도 토닥였다. 소년의 학교 준비물 챙기기와 숙제 점검도 철저했다. 자신의 일정 때문에 학교에 데려다주지 못하는 날에는 소년이 스쿨버스에 올라 자리에 앉는 모습까지 보고 나서야 집안으로 들어갔다

행복은 길지 않았다. 위탁가정에 온 지 1개월 남짓했을 때 수잔이 몇 번 집을 비웠다. 소년은 수잔에게 바쁜 일이 생긴 줄 알았다. 어느 때는 양아버지가 식탁을 차려주고 소년 혼자서 시리얼만 먹고 학교에 갔다. 수잔 없는 빈집에서 혼자 놀다가 방마다 불 켜둔 채 혼자 잠들었다. 깨워주는 사람이 없어서 늦잠 자다가 스쿨버스를 놓쳐 지각도 했는데 위탁모에게 생긴 변화는 눈치채지 못했다.

집으로 찾아온 마을 공동체 사람들과 수잔이 거실에서 나누는 대화 가운데 누군가의 입에서 쉴 시간이 필요하다는 말은 들었지만 그것이 무엇을 의미하는지 이해하지 못했다. 양아버지가 마당에 쌓인 눈을 치운다거나 집수리를 한다거나 이것저것 잡일 하는 것은 봤다. 그가 집에 있는 날에는 잠시 소년과 함께 농구도 하고 야구도 했다. 마을 근처 산책길에 따라갔던 기억도 난다. 이들 부부가 한집에서 살았는지 별거를 했는지 양아버지가 잠은 집에서 자고 새벽 일찍 나가는 바람에 소년이 볼 수 없었는지는 분명하지 않다.

"엄마, 아빠는 어디 계세요."

어느 날부터인가 양아버지가 보이지 않아서 소년이 물었지만 수잔은 대답하지 않았다. 집안에는 적막이 흘렀

다. 수잔의 웃음소리나 노랫소리도 사라졌다. 소년에게
는 어떤 질문도 허락되지 않았다. 가라앉을 대로 가라앉
아버린 집안 분위기 때문에 소년은 혼자 길바닥에 버려
진 것 같은 느낌으로 지냈다. 수잔의 본격적인 아동학대
는 테디에서 시작되었다. 그날도 소년은 여느 날처럼 학
교에 갔다. 학교 수업을 마치고 수잔의 차를 타고 집으로
돌아왔다. 숙제를 하다가 곰 인형 테디에게 학교에서 일
어났던 이야기를 소곤소곤 전했다. 느닷없이 수잔의 주먹
이 날아들었다. 욕설과 매질 발길질로 이어지면서 상황은
험악해졌다.

경찰서에서 위탁가정으로 오던 날도 소년은 테디를 안
고 수잔의 차에 올랐다. 집으로 온 다음날에 수잔은 '냄새
나네 꼬질 꼬질 하네' 구시렁거리면서도 테디를 물에 빨
아줬다. 가을 햇볕에 바짝 말린 테디를 소년의 방으로 갖
다 주는 수잔이 그저 고마울 따름이었다.

그랬던 수잔이 하루아침에 돌변해버렸다. 경찰서에서
복지사가 칭찬하던 그 여사님이 아니었다. 가슴 속 하나
가득 자리 잡고 있던 나의 엄마는 사라졌지만 마을 주민
들에게 그녀는 여전히 모범 주민이었다. 어려운 일 해결
잘하는 여사님 칭찬이 쏟아졌다. 이웃들은 그녀가 소년에

게 저지르는 학대 행위를 전혀 모르는 것 같았다. 소년이 위탁가정에 온 직후 수잔의 남편이 이틀 정도 집에서 머물 때가 있었는데 언어폭력도 주먹질도 하지 않았다. 그가 떠나버리자 완전히 다른 여자가 되어 있었다. 소년은 이해를 할 수가 없었다.

위탁가정으로 옮겨와서 위탁모한테 돌봄을 받던 시기에 소년의 복장은 깨끗했다. 등하교 시간도 잘 지켰다. 결석이나 조퇴도 하지 않았다. 그게 불과 2개월 안팎이었다. 지각대장, 결석대장, 복장불량, 성적 꼴찌 등 한동안 사라졌던 수식어들이 원상복귀하고 말았다. 수잔은 밤낮 술병을 끼고 지냈다. 아침에 일어나면 술병이 거실에 굴러다녔다. 선생은 글을 잘 읽지 못해서 술의 이름은 모르지만 꽤 여러 종류의 술이 있었다. 그녀가 가까이 다가오거나 소년이 아무 생각 없이 그녀에게 다가가면 사람보다 술 냄새가 먼저였다.

체벌의 숫자가 늘어나다

　겨울이 깊어가면서 그녀의 음주 횟수가 늘었다. 늘어나는 횟수만큼 마시는 술의 양도 많아졌다. 수잔의 거칠고 위협적인 주먹이 언제 날아올지 몰라서 불안했다. 수잔은 브라운의 나쁜 행위를 가르치기 위해서라고 말했지만 소년의 눈에는 훈육이 아닌 아동학대였다. 술만 마시면 시작되는 수잔의 폭력 앞에 속수무책 자신의 몸을 보호할 방법이 없었다. '내일은 아닐 거야, 엄마가 무언가에 단단히 화가 났기 때문일 거야. 그렇지, 말해 봐.' 테디한테 묻고 답하며 불안과 두려움을 이겨내고 있었다.

　일주일 가까이 보이지 않던 수잔이 집으로 돌아왔다. 그녀의 눈에는 학대로부터 자신을 지켜내려는 소년의 모습이 몹시 거슬렸던 모양이다. '저리 비켜~' 소리를 지르며 달려들더니 소년의 따귀를 후려갈겼다. 뺨이 아픈 것도 아픈 것이지만 등골이 오싹했다. 소년은 벌겋게 달아오른 수잔의 얼굴을 보았다. 광대뼈가 유난히 튀어나오고 눈빛도 이상해졌다. 악마를 본 적 없지만 수잔이 악마 같았다. 무서워서 방으로 달려가서 장롱 안으로 들어갔다. 수잔이 좇아와서 끌어냈다. 소년은 흠씬 두들겨 맞았다.

수잔의 차림새는 집안 공기 집안 분위기였다. 남편이 집에 없으면 수잔은 목욕 가운만 입고 소파에 누워 온종일 TV를 봤다. 술이 필요할 때 화장실 갈 때 식어버린 음식 데워야 할 때만 일어났다. 곱게 화장하고 멋진 드레스 차림에 미소 띤 얼굴로 방에서 나오는 수잔을 보면 안도했다. 그날은 수잔이 말하는 사교모임이 있는 날 폭언이나 야단맞지 않는 날 발길질이나 주먹질이 없는 날이다. 그러나 그날이 지나고 나면 체벌의 종류는 늘어나고 강도는 더 높아졌다. 그녀가 말하는 '방구석 체벌'은 차렷 자세로 방 안 구석진 곳을 바라보며 그 자리에 몇 시간이고 서 있게 하는 벌이다. 소년이 물을 엎질렀다거나 방에서 뛰어다닌다거나 문을 여닫는 소리가 크게 났을 때 주로 받았던 체벌이다.

"저놈의 버르장머리 싹 뜯어고쳐 놓아야지~"

수잔은 이를 빠드득 갈았다. 문 앞에다 의자를 갖다 놓고 소년의 자세가 흐트러지는지 바로 앉았는지 감시했다. 개구쟁이 사내아이 열 한 살짜리를 하루 종일 감시한다는 것이 쉽지 않았는지 어느 날부터는 제목이 '거울치료'로 바뀌었다. 체벌에 앞서 그녀는 우선 아이를 붙잡아 흠씬 두들겨 팼다. 그 다음 차렷 자세로 거울 앞에 세웠다. 눈물로 범벅이 된 소년의 얼굴을 거울에다 바짝 붙여 놓고 뒤통수 잡고 상하좌우로 문지르다가 쿵쿵 찧었다. 난 나쁜 아이야를 세 번씩 외치라고 다그쳤다.

"난 나쁜 아이야! 난 나쁜 아이야! 난 나쁜 아이야!"

수잔이 시키는 대로 세 번 복창하고 나면 이번에는 거울에다 딱 붙이고 그만! 할 때까지 그 자리에 꼼짝 말고 서 있으라는 명령이 떨어졌다. 그렇게 벌 세워 놓고 수잔은 방으로 갔는데 가다 말고 다시 우당탕탕 되돌아왔다. 물론 소년의 얼굴이 거울에 딱 붙어있는지 딴짓은 하지 않는지 확인하기 위해서였다.

"나는 네가 역겹다~"

언제부터인지 '브라우~우~운' 소년을 부르는 수잔의 음성이 길게 늘어지다가 갑자기 말꼬리가 높아지면서 폭언이 터져 나왔다. 양아버지가 몇 번 목격했지만 그는 모른 체 자신의 작업장으로 재빨리 사라져버리고 나타나지 않았다.

"네가 가서 찾아봐."

엄마는 잃어버린 물건 찾아오라며 소리를 질렀다. 그녀 자신이 찾고자 하는 물건이 무엇인지는 한 번도 알려주지 않았다. 그녀의 강요에 못 이겨서 무슨 물건을 왜 잃어버렸는지 영문도 모르고 소년은 지하실에 있는 창고로 갔다. 어둡고 음습한 지하 공간에서 수잔이 잃어버렸다는 물건 찾기를 했지만 단 한 번도 그걸 찾지는 못했다. 그녀의 비명은 거기서도 들렸다. 소년은 귀를 막고 엉뚱한 상상을 했다. 엄마가 잃어버린 물건을 마침내 자신이 찾아 들고 위층으로 올라가는 상상이다. 포옹과 입맞춤으로 맞이하는 엄마를 떠올리며 고통에서 벗어나려 안간힘 썼다. '물건 찾기' 체벌은 거의 저녁나절에 일어났고 몇 시간씩 지속되었다.

"엄마, 뭘 찾아오라고 하셨죠."

한번은 무엇을 찾아야 하는지 까먹어버렸다. 소파에 누워서 TV쇼를 보고 있던 수잔이 벌떡 일어났다. 주먹이 날아왔다. 그녀가 즐겨 시청하던 TV 드라마를 소년이 방해했다고 생각한 것 같았다. 얼굴과 머리를 인정사정없이 때렸다. 소년은 코피를 쏟았다. 아파서 울었다. 수잔은 식탁 위에 냅킨을 손으로 잡아채더니 소년의 콧잔등을 거칠게 꽉꽉 누르며 소리쳤다.

"내가 뭘 찾고 있는지 잘 알잖아! 그걸 찾아오란 말이야~"

그녀의 명령에 열렬히 복종하고 있다는 것을 납득 시켜주기 위해 다시 어두컴컴한 지하실로 내려갔다. 몇 번 겪은 일이었다. 찾아 들고 가면 쳐다보지도 않는다는 것도 알았다. 그날은 해바라기꽃 모양의 쟁반을 갖다 줬다. 그렇게라도 하지 않으면 그 이상의 체벌이 뒤따랐다. 구타와 체벌이 반복되면서 팔다리는 시퍼런 멍투성이였다. 지금도 선생의 복부에 흐릿하게 남아있는 칼자국이나 송곳 자국은 모두 물건 찾기 체벌 때 생긴 자국이다. 여러 번 당하고 나서부터 도망갈 엄두도 못 내고 날아오는 주먹과 발길질에 몸을 맡겨두고 말았다.

양아버지가 집에 있는 날에는 언어폭력이 없었다. 상냥하고 자상한 엄마였다. 그런 날은 양아버지 근처를 맴돌았다. 그가 신문을 읽으면 소파 근처에서 놀고 차고에 가면 차고로 따라다녔다. 양아버지가 주방에서 설거지하면 시키지 않아도 알아서 설거지를 거들었다.

"착한 소년이 되어라."

어느 날 아침 양아버지는 허리를 구부려 몸을 낮춰 양손으로 소년의 어깨를 잡으면서 말했다. 수잔은 팔짱을 끼고 남편 뒤에 서 있었다. 그녀의 그런 모습에서 느껴지는 냉기가 소년에게 전해지는 것 같았다. 소년은 양아버지를 안아주고 싶어 다가섰는데 그가 먼저 일어나서 문 밖으로 나가버렸다. 양아버지와는 그렇게 헤어졌다.

남편이 집 떠나면서 수잔도 적잖이 충격을 받은 것 같았다. 집안에는 침묵이 흘렀다. 그녀는 말이 없었다. 그녀의 침묵에 소년은 더 불안했다. 폭풍전야였다. 끝내 양아버지는 돌아오지 않았다. 수잔은 친구들에게 전화를 거는 일도 없었다. 남편이 돌아오기를 기다리는 눈치였다. 밤새도록 소파에 마냥 고요하게 앉아있었다. 아침이 되어 소년의 등교 준비를 해주면서도 말 한마디 없었다. 학교에서 돌아왔을 때 수잔은 집에 없었다. 며칠이 지나도록 집으로 돌아오지 않았다. 그녀가 어디에 갔는지 왜 집에 오지 않는지도 모르면서 혼자서 시리얼 먹고 학교에 다녔다.

며칠 지나 저녁 무렵 현관문 여는 소리가 들렸다. 소년의 방 쪽으로 다가오는 빠른 발소리가 났다. 수잔의 발자국 소리라는 것을 알았다. 벌떡 침대에서 일어나 책상 앞에 반듯하게 앉았다. 방문을 열어젖히는 수잔의 입에서는 술 냄새가 풍겼다. 주먹이 날아왔다. 기습적이었다. 도망칠 새가 없었다. 의자 채로 방바닥에 나자빠졌다. 좌우에서 주먹이 들어왔다. 눈을 감았다. 양 손으로 얼굴을 가렸다. 그녀가 거칠게 소년의 손을 뿌리쳤다. 소년의 머리를 방바닥에 대고 마구 찧었다.

거친 주먹을 왼팔로 막으려고 하는데 수잔이 소년의 팔을 확 잡아챘다. 비틀거리던 수잔이 균형을 잡으려고 소년의 팔을 거칠게 잡아당겼다. 뚝 소리가 났다. 어깨와 팔에 극심한 통증이 왔다.

그녀도 뚝 소리를 들었는지 소년의 팔을 놓았다. 수잔은 아무 일도 없었던 것처럼 돌아서서 나가버렸다. 팔이 욱신거렸다. 팔의 상태를 보려고 셔츠를 벗으려고 했지만 팔이 움직여지지 않았다. 셔츠를 벗지 못했다. 식탁에 앉기는 했는데 어지러움과 팔에 통증 때문에 저녁 식사를 할 수가 없었다. 식사가 끝나고 수잔은 소년을 차에 태워 병원으로 데리고 갔다. 나이 많은 의사가 소년의 팔 상태를 살펴보더니 빠진 뼈를 맞추고 깁스를 해주었다. 수잔과 의사 사이에는 다친 팔에 대해 어떠한 말도 오고 가지 않았다. 이날 소년은 처음 수잔이 아프다는 것을 느꼈다. 말로 설명할 수는 없는 그날의 상황을 누구에게 말한다면 그 다음은 더 나쁜 일이 일어날 것이라는 것도 알았다.

친구를 사귀었다가는 자신이 위험해질 수 있다는 생각이 들었다. 반 친구들과 대화를 하다 보면 소년 자신도 모르게 수잔의 학대와 체벌에 대해 이야기를 해버릴 것 같았다. 그리되면 반 친구들이 얼굴과 손등에 생긴 멍자국들을 쉽게 눈치채고 선생님한테 고자질할지도 모른다는 생각도 했다. 두려웠다. 참아야 했다. 언제가 될지는 모르지만 끝까지 숨겨야 할 것 같았다. 소년의 형편이 이러하니 친한 친구를 갖는다는 것은 엄두도 내지 못하고 반 아이들과 되도록 멀리 떨어져서 혼자 지냈다. 풀과 나무들과 학교 사육장에 사는 토끼, 다람쥐, 닭, 연못에 노는 물고기 등 작은 동물들이 테디 다음으로 친한 친구였다. 쉬는 시간에는 마음껏 운동장을 돌아다녔다. 소년에게 학교는 매우 안전한 피난처였다. 낮 시간에 수잔과 떨어진 곳에 있다는 게 좋았다.

겨울이 막 시작되던 어느 날, 학교에서 집으로 돌아와서 현관문을 열었는데, 수잔이 기다리고 있었다.

"네가 나쁜 소년이기 때문에 정학을 시킬 거야."

소년은 무슨 말인지 얼른 납득이 가지 않아서 멍을 때리고 서 있었다. 위탁가정에 와서 얼마 되지 않아 수잔의 학대에 시달렸지만 소년은 결석과 지각을 하지 않으려고 애를 썼다. 공부는 귀에 들어오지 않고 재미없었지만 알파벳 읽고 쓰려고 노력했다. 곧 반 친구들처럼 줄줄 읽게 될 것이라는 희망도 품었다. 소년의 이런 변화에 선생님들은 칭찬했다. 선생님들의 칭찬에 행복하고 좋은 모습 보여주려는 노력도 제법했다.

"TV 시청은 안 돼, 영원히 금지야~ 알겠어, 알겠어~"

소년이 수잔을 부끄럽게 만들었기 때문에 엄벌 받아야 한다는 것이다. 그 벌로 텔레비전을 봐서는 안 된다는 것이다. 그녀는 같은 말을 몇 번인가 반복했다.

잠시 매질과 주먹질에서 벗어 난 줄 알았는데 어느 날은 수잔이 비누 조각들을 한 움큼 손에 들고 다가왔다. 소년의 입을 강제로 벌리고 목구멍 깊숙이 비누를 밀어 넣었다. 질식할 것만 같았다. 이렇게 죽는구나 생각했다. 본능적으로 소년은 몸을 공처럼 말고 캑캑거리다가 비누를 토해냈다. 비누가 쪼개져서 일부는 목구멍으로 넘어가고 일부는 튀어나왔다. 그렇게 당한 충격 때문에 한동안 말문이 열리지 않았다. 말이 하고 싶어도 말을 할 수가 없었다. 수잔은 비누 사건 입 밖에 내면 가만두지 않겠다고 소년을 윽박질렀다.

수잔의 음주는 점점 더 심해졌다. 하루 이틀이 아닌 며칠씩 연속적으로 마실 때가 많았다. 소년에게 행해지는 학대는 더 가혹해져 갔다. 집안은 엉망진창이 되어버렸다. 집안 청소도 소년의 차지가 되어버렸다. 거실이나 방을 쓸고 닦는 정도야 소년이 할 수 있지만 가구나 소파나 큰 화분 같이 무거운 물건의 위치를 바꾸는 일은 초등학교 4학년짜리가 할 수 있는 일은 아니지만 멈추면 구타가 이어졌다. 알코올 중독자 위탁모로부터 받는 체벌에 쓰러져서 울어버릴 때도 있었다. 한바탕 울고 나서 얼굴을 보호해야 한다는 생각이 들었다. 소년은 몸에 생길 멍이나 상처를 줄이기 위해 무릎 사이에 얼굴 파묻고 몸 오그려 공처럼 구르기 가구 뒤에 숨었다가 재빠르게 빠져나가기도 연습했다. 그녀의 발길질과 체벌이 언제 시작될지 알 수가 없으니 자신을 보호하려면 어쩔 수가 없었다.

선생님들이 알게 되면 대단히 위험한 일이 일어날 것 같았다. 어떤 상태인지 설명할 수 없지만 그런 상황만은 피하고 싶었다. 얼굴이나 팔다리에 생긴 체벌 흔적이 선생님들 눈에 띌까 봐 조심했다. 스쿨버스 안에서 선생님과 마주치지 않기 위해 가능한 버스 뒤쪽 구석 자리에 앉았다. 졸음이 오면 그냥 책상 위에 엎드려서 자고 화장실에 가는 것 외에 돌아다니는 행동은 되도록 하지 않았다.

선생님들도 늘 이런 소년에게 신경 쓰지 않았다. 담임 선생님이 붙잡고 멍 자국에 대해 물을까 봐 조마조마했다. 되도록 선생님과 마주치지 않는 장소를 찾아다녔다. 마주치게 되면 먼저 시선부터 피하고 달아났다. 선생님들은 아무것도 묻지 않았다. 소년에게는 관심조차 두지 않았다. 숙제 검사를 하는 일도 없었다. 발표를 해보라고 하지도 않았다. 수업이 끝나면 재빨리 문 밖으로 나갔다가 시작 종소리가 나면 모자를 귀밑까지 깊이 내려 쓰고 교실 맨 뒷자리에 조용히 앉아있었다. 소년의 학교생활이 이런 식으로 흘러 가다보니 반 친구들과 함께 했던 놀이 같은 게 있을 리 만무하다. 아이들끼리 다투고 화해하는 그런 시간도 갖지 못했다.

수잔과 함께 처음이고 마지막으로 보낸 크리스마스 때였다. 거실에다 성탄 트리를 세운다며 분주하게 뛰어다니던 수잔이 갑자기 눈을 부라렸다.

"네 놈은 나쁜 소년이기 때문에 크리스마스 선물 줄 수 없어."

산타로부터 편지를 받았는데 편지에 그런 내용이 쓰여 있다고 했다. 소년이 자신을 부끄럽게 만들었다며 난로 위에 올려져 있던 물 주전자를 들고 다가왔다. 소년의 손등에다 끓기 직전의 물을 주룩 부어버렸다. 손에 금방 물집이 잡혔다. 화상의 화끈거림이 전신으로 퍼지는 것 같았다. 그날 밤 소년은 여러 시간 동안 어둡고 습한 차고에 갇혀서 화끈거리는 손등의 화상을 혀로 핥았다. 어둠과 화끈거림과 추위 때문에 소리 내어 울고 싶었지만 소년의 울음소리를 듣고 그녀가 깔깔거리며 웃고 즐기게 해주고 싶지는 않았다.

수잔의 목소리가 지하실에 갇혀있는 소년에게도 들렸다. 그날 저녁 집으로 놀러 온 마을 커뮤니티 사람들에게 자신은 소년을 매우 사랑한다고 했다. 소년이 사 달라는 것, 해달라는 것은 모두 다 해주며 맛있는 음식 좋은 옷 입히려고 노력하며 학교 공부도 도와주고 매일 학교까지 차로 데려다 준다는 것이다. 소년은 말도 잘 듣고 학교 공부도 잘하는 착한 아이여서 자신은 걱정할 필요가 전혀 없다는 것이다. 수잔의 말은 전부 거짓인데도 이웃들은 그녀를 칭찬했다. 그녀의 말솜씨에 모두 넘어가고 있었다. '더 이상 무기력한 아기처럼 울지 말자. 더 이상 그녀에게 굴복해서는 안 된다.' 소년은 다짐했다. '그만 때리시라 애걸하여 엄마에게 만족감을 주지 않겠다'는 결심도 굳혔다. 어떡하든 살아남아야 한다. 마음을 추슬렀다.

그날 저녁 수잔이 그만! 할 때까지 소년은 그 자리에 당당하게 서 있었다.

힘든 겨울 보내고 이듬해 봄이었다. 그날은 자명종 소리를 듣지 못해 아침에 늦잠을 자고 말았다. 늦잠은 잤지만 해가 중천에 뜰 정도는 아니었다. 평소보다 조금 늦게 일어났을 뿐이다. 수잔이 나무주걱을 손에 들고 거실에서 왔다 갔다 했다. 나무 주걱에 여러 번 정수리를 맞았던 경험 때문에 어떤 상황이 벌어질지는 감이 왔다. 수잔이 휘두르는 주걱을 피해 거실로 방으로 뛰어다니느라고 샤워도 못하고 등교 준비도 못했다. 주걱을 맞는 것이 차라리 낫다는 생각이 들었다. 맞을 만큼 맞아주면 그만큼 빨리 자유로울 수 있을 것이어서 주걱을 피하지 않기로 했다. 식탁에 앉았다. 머릿속에는 몇 대 두들겨 맞다가 눈치껏 식탁 위에 놓인 시리얼 그릇을 들고 부엌 옆문으로 빠져나갈 기회를 노렸다.

수잔이 한동안 돌아오지 않을 때 아침을 먹지 못하고 학교에 갔다가 계단에서 굴러떨어졌다. 그때 학교 간호사 메리가 가져다준 초콜릿과 우유 먹고 기운을 차렸던 적이 있었다. 아침밥 굶으면 뱃속이 바보가 된다고 하던 간호사의 말이 생각이 났다. 뱃속이 어떻게 바보가 되는지 그녀가 설명해주지 않았지만 바보가 되는 게 싫었다. 몸은 나무 주걱에다 맡겨 놓고 식탁에 앉았다. 양손으로 우유에다 시리얼을 붓느라고 방심한 사이에 그만 소년의 뒷덜미가 수잔의 손아귀에 잡혀버렸다.

수잔의 손에 잡혀 마당으로 끌려 나왔다. 수잔은 자동차 문을 열더니 차 안으로 소년을 밀쳐 넣었다. 자동차 문 닫고 시동을 거는 그녀의 손길이 거칠기 짝이 없었다. 전속력으로 차를 몰고 달리는데 위험이 느껴졌다. 무슨 말을 걸었다가는 사고가 날지 모른다는 생각이 들었다. 무서워서 숨소리도 내지 않으려고 애를 썼다. 학교에 도착했을 때는 첫 교시 수업이 막 시작되기 직전이었다. 늦잠을 자다가 일이 이렇게 커져서 지각한 것 같아 걱정했는데 다행히 지각은 아니어서 안도했다.

소년이 받는 체벌 중에 '헬리콥터 치료'라는 벌이 있었는데, 이 벌은 소년이 학교에 가져갈 준비물을 못 챙겼을 때 받았다. 주로 아침 등교 시간대 일어났다. 그날도 학교에 가려고 현관문 열고 나오는데 수잔의 차에는 이미 시동이 걸려 있었다. 수잔은 소년이 차를 타고 차 문을 닫기도 전에 자동차의 액셀러레이터를 밟았다. 대응하지 못한 소년의 몸이 운전석 쪽으로 쏠렸는데 그녀가 힘껏 열린 문 쪽으로 소년을 밀쳤다. 소년은 엉겁결에 자동차 문틀에 매달려버렸다.

소년은 이 체벌을 몇 번 경험했던 만큼 크게 두렵지도 않았다. 문을 닫을 수도 없거니와 문을 닫게 된다면 수잔의 주먹이 날아들 게 뻔했다. 실수로 손을 놔버린다면 길바닥에 내동댕이쳐져 정강이가 부러질지도 모른다는 생각이 들었다. 수잔은 소년의 안전 따위는 안중에도 없었다. 손은 문틀 잡고 발은 오그리고 학교까지 갈 수밖에 없었다. 학교 근처에서 내렸다. 그녀가 눈 동그랗게 뜨고 보는 앞에서 착지에 성공했다. 차가 멈추는 것과 착지가 동시에 이루어졌다. 그 자리에 꼿꼿하게 섰다. 준비물 못 챙겨서 받는 헬리콥터 체벌은 여기서 끝나지 않았다. 뒤끝도 작렬했다. 소년이 재빠르게 교문 쪽으로 달리려고 하는데 수잔이 소년의 턱을 잡아끌었다. 땅바닥에 엎어놓고 구둣발로 힘껏 등을 짓눌렀다. 숨이 가빠졌다. 짓누르는 강도가 심해서 몸부림치다가 겨우 빠져나왔다.

수잔은 그 사건 이후 한동안 소년을 데리러 오지 않았다. 소년이 방과 후 스쿨버스가 있는 주차장으로 가는데 수잔이 기다리고 있었다. 턱짓으로 차에 타라는 신호를 보냈다. 차를 타고 집으로 가는 동안에는 둘 다 아무 말도 하지 않았다. 집 앞이었다. 자동차에서 내리려고 하는데 수잔이 소년의 어깨를 꽉 움켜잡았다.

"널 내 동생 집에 보낼 테다."

남동생이 소년을 돌봐 줄 거라고 했다. 수잔의 남동생이라면 소년에게는 외삼촌이다. 소년은 위탁모 집으로 와서 몇 번인가 외삼촌을 본 적은 있지만 그가 무슨 일을 하는지 어디에 사는지 몇 살인지 가족은 있는지 없는지 아는 게 없었다.

처음 만났을 때 그에게는 친화력이라고는 눈곱만치도 느껴지지 않았다. 말투나 행동거지도 사납고 거칠기가 짝이 없었다. 음주 습관은 수잔보다 더 나빠 보였다. 소년이 조금만 잘못했다가는 주먹이 금방이라도 날아올 것 같았다. 수잔이 외삼촌한테 소년에 대해 무슨 이야기를 한 것일까. 수잔보다 외삼촌이 자신을 더 심하게 다루지 않을까. 불안했다. 두렵기도 했다. 걱정이 되어서 깊이 잠들지 못했다. 어쩌다 잠들면 악몽에 시달렸다. 차에서 내리다가 차 문에 손이 끼어 피를 흘리는 꿈도 꾸었다. 자고 났는데 꿈속에서 피를 흘렸던 손가락이 아팠다. 언젠가 수잔이 한 손으로 운전하면서 다른 한 손으로 소년의 뺨을 후려치는 바람에 차 문 밖으로 튕겨 나간 적이 있었다. 그 일을 겪고 아파서 며칠 동안 학교에 가지 못했던 상황이 또 닥쳐올지 모른다는 예감이 들었다.

그해 5월, 마지막으로 학교에 가던 날은 수잔이 학교 근처까지 태워다 줬다. 자동차에서 내려 교문으로 들어가려는데 그녀가 불렀다. 오싹 소름이 끼쳤다.

"거기 서 봐."

소년은 두려웠다. 그 자리에 섰다. '내게 아직도 맞닥뜨려야 할 전투가 남아 있는 것일까' 겁이 났다. 다행히 더 이상의 폭력은 없었다. 그녀의 손에는 소년의 점심 도시락 가방이 들려 있었다. 도시락에는 평소처럼 땅콩버터 바른 샌드위치 두 개와 당근 몇 개 그 밖에 먹을거리가 평소보다 조금 더 들어있었다.

늦잠을 잔 것도 아닌데 아침에 한바탕 소동이 났다. 옷 갈아 입으며 준비물 챙기다가 그녀의 손에 끌려나와 차를 타는 바람에 아침 먹을 시간이 없었다. 배가 고픈 것도 뺨에 멍이 든 것도 잊어버리고 있었다. 도시락 가방 받아 들고 돌아서려는데. 그녀가 충혈된 눈 부릅뜨며 평소에는 하지 않던 인사말까지 덧붙였다.

"브라우~우~운~ 선생들한테는 네가 문에 부딪혔다고 말해라… 좋은 하루 보내렴."

메리 간호사가
아동학대 흔적을 발견하다

　학교 마당이 휑했다. 운동장에 아이들이 아무도 없다는 것은 이미 수업이 시작되었다는 의미였다. 운동장 바닥에서 대여섯 계단 올라서면 본관 건물이다. 본관 현관에 들어서면 가운데 복도가 있다. 복도 한편에는 행정실과 교무실이 나란히 맞은편에는 교장실과 양호실이 나란히 복도가 끝나는 지점부터 양편에는 저학년 교실과 고학년 교실로 나눠지는 구조였다. 보나마나 담임은 브라운의 지각을 알고 있을 것이었다. 소년은 교무실과 행정실 직원 몰래 4학년 교실로 가려고 하는데 교장선생님이 불렀다. 그 자리에 섰다. 숨거나 달아날 수도 없었다.

　"네가 문에 부딪혔다고 해."

　속사포처럼 날아드는 수잔의 명령이 장벽을 만드는 바람에 미처 대답할 여유가 없었다. 그녀가 집으로 돌아간 줄 알았는데 아직 학교에 있다니 소년은 그 자리에 얼음이 되어버렸다. 수잔은 학대 후 책임은 소년에게 떠넘겼고 소년은 또 그렇게 길들여져 있었다. 회색 머리카락이 어깨에서 찰랑거리는 학교 간호사 메리가 나왔다. 얼음이 된 소년을 보더니 미소를 지었다. 메리를 따라 양호실로 갔다. 메리가 의자를 내밀며 말했다.

"자 반듯하게 앉아서 내 눈 똑바로 바라봐, 그리고 이제부터 내가 필요한 것을 물어볼 테니 사실대로 말해 응, 알겠어?"

소년은 거짓말에 능숙했다. 위탁가정에 살면서 거짓말은 이제 일상이 되어버렸다. 메리가 소년의 얼굴과 팔에 생긴 시퍼런 멍과 상처를 아주 꼼꼼하게 살펴보더니 물었다. 메리 간호사는 다시 한번 사실대로 말하라고 했다.

"눈 위에 상처는 왜 생겼니?"

"아, 그냥 내가 복도에서 놀다가 문에 부딪쳤어요."

소년은 학교 간호사 메리 앞에서만은 숨기고 싶었다. 적당히 둘러댄다는 게 그만 거짓말이 되어버렸다.

책상 위에 흩어진 서류를 클립보드에 한 장씩 끼우던 메리가 소년을 쳐다보며 미소를 지었다. 그녀와 눈이 마주쳤다. 소년은 자신이 거짓말하는 것을 간호사가 모를 것이라고 생각하면서도 그녀를 똑바로 볼 용기가 나지 않았다. 고개를 푹 숙이고 손톱만 물어뜯었다.

"지난 월요일에도 그렇게 말했잖니? 기억나니?"

"야구를 하다가 방망이에 맞았거든요. 그것은 사고였어요."

소년은 재빠르게 또 둘러댔다.

위탁모 수잔은 언제나 그렇게 말해야 한다고 해서 소년은 그렇게 말하도록 훈련이 되어 있었다. 그러나 간호사 메리는 어떤 상황인지 이미 눈치를 채고 있었다.

"거짓말하지 마."

그녀는 아주 단호했다. 소년에게 눈을 흘겼다. 소년이 더 이상 변명하지 못하도록 날카로운 목소리로 꾸짖었다. 소년은 수잔을 보호해야 한다는 생각은 했지만 간호사를 속일 수 없다는 것도 알았다. 사실대로 말하는 수밖에 없었다. 소년은 있는 그대로 모두 말했다. 위탁가정에서 갈고닦은 거짓말의 아성이 그만 허물어져 버렸다.

메리 간호사는 괜찮다며 옷을 벗으라고 했다. 소년은 그녀가 시키는 대로 옷을 벗었다. 지난 가을에도 정기적인 신체검사를 받았다. 간호사 메리가 그때도 소년의 몸에서 관찰한 멍 자국에 대해 학교장에게 보고했다. 학교 간호사의 보고를 받은 학교장이 직접 수잔에게 전화도 걸었다.

"아이 몸에 왜 매주 멍이 계속됩니까? 아이의 정신에

문제가 있습니까? 아이가 자신을 자해하고 있는 건 아닙니까?…" 등.

학교장은 절대 아니라고 딱 잡아떼는 수잔의 말만 믿고 어떤 조치도 취하지 않았다.

간호사 메리의 조사 방법은 치밀했다. 아동학대가 다 밝혀질 것 같았다. 소년은 열두 살 소년원으로 보내질 수 있는 나이였다. 베이비 브라운 입장에서는 소년원으로 보내지는 것보다는 수잔에게 학대당하는 편이 더 나았다. 소년원에 자신을 보낸다면 뛰쳐나올 것이라고 생각했다. 1960년대 미국에서 소년원생 구타와 성폭력 사건은 떠도는 소문이 아닌 사실이었다. 소년 브라운도 이 사실에 대해 알고 있었다. 성폭력이 구체적으로 어떤 상태인지는 모르지만 자신이 그곳에 가게 된다면 더 큰 위험에 빠질 게 분명했다.

학교 간호사 메리는 소년의 옷차림과 몸에 생긴 다양한 형태의 상처와 멍 자국 하나하나까지 클립보드에 기록했다.

"그날 소년이 입었던 긴 팔 셔츠는 보육원에서 입던 옷인데 소년은 스위스 치즈처럼 구멍 난 셔츠라고 불렀다. 구멍 많은 그 셔츠는 위탁모 수잔이 내다버렸다. 소년은 그 셔츠를 잊어버렸다. 그날 아침 구멍투성이 그 셔츠를 수잔이 갖고 와서 입어야 한다고 해서 입었다. 바지도 낡을 대로 낡아서 무릎 살이 비칠 정도였는데 위탁모가 그 바지를 꼭 입어야 한다고 우겼다. 소년은 수잔의 아동학대가 무서워서 입지 않을 수가 없었다. 운동화에도 구멍이 여러 개였다. 구멍 하나는 소년의 발가락 몇 개가 동시에 들락거릴 수 있을 만큼 컸다."

1958년 5월 ××일 학교 간호사 메리 헨슨

간호사 메리는 소년의 얼굴에 난 상처며 아문 흔적까지 한 번 더 살펴보고 놓친 것까지 찾아내려고 애를 썼다. 수잔의 집 주방에 설치된 붙박이 식탁 상판 타일에 부딪혀서 깨져버린 소년의 이빨과 입안 구석구석까지 살펴본 내용도 클립보드에 적어두었다. 소년의 복부에 남아

있는 흉터에 메리의 시선이 머물렀다. 메리는 꼴깍 마른 침을 삼키고 나서 다시 물었다.

"여기도 엄마가 찔렀니?"

"네, 엄마가요."

"아녜요, 내가 잘못한 게 있었어요."

위탁모 수잔이 한 짓이라고 금방 말해놓고도 소년은 곧바로 부인했다. 간호사 메리는 소년이 거짓말하고 있다는 것쯤은 꿰고 있었다. 클립보드를 책상 위에 내려놓더니 소년에게로 다가왔다. 두 팔 벌려 소년을 감싸 안았다. 아 맙소사! 소년은 눈을 감았다. 메리가 천천히 소년의 머리를 쓰다듬었다. 따뜻했다. 아침에 생긴 멍 때문에 아파서 소년이 움찔하는 바람에 이내 간호사의 포옹과 허그는 풀렸다. 소년은 서둘러 옷을 입었다. 방에서 나가는 메리간호사의 어깨가 들썩였다. 그녀가 울고 있는 게 틀림없었다.

그날 간호사 메리의 포옹을 소년은 '걱정 마, 안심해'라는 메시지로 이해했다. 선생은 간호사 메리의 메시지를 잊지 않았다. 영어회화라는 연결 고리로 만나는 젊은이들과 헤어질 때 선생은 굿바이 대신 '걱정마, 안심해'를 작별 멘트로 사용한다. 선생이 그렇게 하는 이유는 학교 간호사 메리에게서 받은 메시지 효과 때문이다.

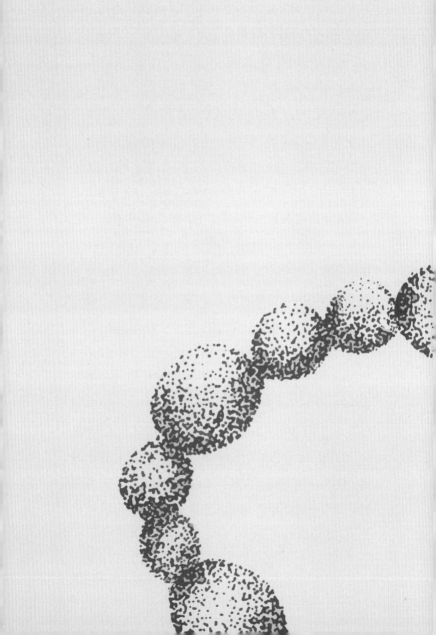

제2장

어린 도망자

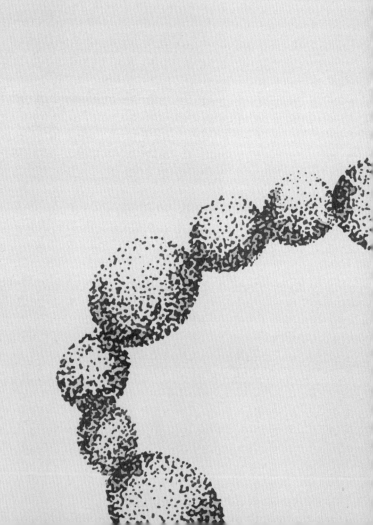

Lighting Out(조명 아웃)

교장선생님과 학교 간호사 다른 두 선생이 함께 돌아왔다. 소년이 학교생활에서 출결석 문제로 다른 아이들보다 교장실에 자주 드나들었기 때문에, 교장선생도 이 소년에 대해 상당 부분 알고 있었다. 간호사 메리가 소년의 신체검사 결과지를 펴놓고 교장선생에게 보고했다. 교장은 보던 신문을 책상 위에 내려놓고 소년을 바라봤다. 교장선생님과 시선이 마주치는 순간 가슴이 철렁했다. 간호사 메리의 보고서가 완벽해서 거짓말할 자신이 없었다. 지난번 교장선생님 앞에서 둘러댔던 자신의 거짓말도 생각났다.

교장은 아무것도 묻지 않았다. 수잔에게 전화도 걸지 않았다. 소년은 안심했다. 자신이 학교에서 결석대장, 지각대장, 도시락 훔쳐 먹는 아이로 소문이 나버린 만큼 대충 넘어 갈 것이라고 생각했다. 그런데 간호사한테 받은 서류를 교장이 한 장씩 넘기면서 고개를 끄덕일 때 알았다. 아동학대 전모를 교장이 파악했다는 의미였다. 판단 오류였다. 이제부터 어떻게 되는 건가. 소년원으로 가게 되는 것 아닌가. 공포가 엄습해 왔다.

"제발, 오늘은 안 돼요. 금요일이란 말예요."

수잔이 금요일은 중요한 날이라던 말이 생각났다. 소년 자신에게 금요일이 왜 중요한지는 알지 못했다. 다급해서 생각나는 대로 둘러대다 보니 얼토당토않은 금요일이 입에서 튀어나와 버렸다.

경찰관이 학교에 나타났다. 경찰관은 교장이 왜 자신을 학교로 불렀는지 소년에게 설명해 주었지만 자신이 구출 대상이라는 것은 알아채지 못했다. 경찰관은 위탁모 수잔이 어떻게 했는지 사실대로 말을 해 달라고 했지만 소년은 고개를 가로저었다. 위탁모 수잔의 아동학대 사실은 간호사 메리만 안다고 생각했는데 너무 많은 사람이 알고 있다는 사실이 감당되지 않았다. 기가 막혔다. 다리가 떨렸다. 그만 바닥에 주저앉아 울음을 터뜨렸다.

"괜찮아, 괜찮아."

소년을 진정시키려고 애를 쓰던 간호사 메리의 부드러운 목소리가 들렸다. 메리가 소년을 일으켜 세우더니, 망설이지 말고 사실대로 가슴에 난 상처를 경찰관에게 보여주라고 했다.

"그것은 사고였어요."

수잔은 찌를 의도가 없었다고 했다. 자신이 나쁘기 때문에 엄마가 벌 준 것이라고 변명했다. 수잔을 보호하려면 그런 말도 하면 안 된다 수없이 다짐해왔는데 끝내 지키지 못하고 고자질한 자신이 비열하게 느껴졌다.

몇 분이나 지났을까. 교장실에 모였던 어른들의 시선이 소년에게로 쏠렸다. 어른들이 고개를 끄덕였다. 아동학대 전모를 이해했다는 뜻 주 정부 아동청소년법 절차를 준수하겠다는 의미도 포함되어 있지 않았을까. 젊은 선생들도 교장실에서 나갔다. 소년은 학교장의 비서가 타이핑하는 모습을 지켜보는데 간호사 메리가 다가왔다. 소년을 두 팔로 감싸 안았다. 위탁모나 보육원 보모들한테서는 상상도 못하던 포근함이었다. 그날 학교 간호사의 머릿결에서 맡았던 향기는 많은 세월이 흘렀지만 여전히 기분 좋게 느껴지는 냄새였다.

교장선생님이 도시락을 들고 왔다. 학교 식당에서 가져왔다며, 먹으라고 했다. 소년은 배가 고팠다. 수잔에게 받은 도시락은 어떻게 되었는지 생각도 나지 않았다. 경찰관과 교장 어른들로 인해 생긴 긴장과 주어진 시간에 맞추어 빨리 먹느라고 음식 맛을 제대로 느끼지 못했다. 빵과 고기를 씹지도 않고 한입에 우겨넣었다.

"천천히 먹어라. 그렇게 빨리 먹으면 체한다."

대체 무슨 일이 일어나고 있는 것일까 안절부절못했다. 어떤 종류의 빵과 쿠키를 먹었는지는 생각이 나지 않지만, 천천히 먹으라던 키가 크고 안경 쓴 교장선생님의 음성은 지금도 기억이 난다. 경찰관은 학교장과 간호사 메리가 지켜보는 앞에서 기록하고 자신의 기록을 다시 확인했다. 노트패드를 가방에 넣으면서 학교장에게 정보는 충분하다는 말을 할 때 소년은 교장선생님 이마에 맺힌 땀방울을 보았다. 학교장도 긴장하고 있다는 것을 알았다. 경찰관이 집 주소와 전화번호를 다시 물었지만 소년은 모른다고 딱 잡아뗐다. 소년의 마음 한 귀퉁이에 양아버지가 자신을 데리러 오길 바라는 마음도 있었지만 그렇게 될 것 같지는 않았다. 배가 아팠다. 허기진 뱃속에 빵과 고기 케이크까지 꿀꺽꿀꺽 삼켰으니 무사할 리가 없었다. 소년은 화장실로 달려갔다. 모두 토해버렸다.

경찰관은 수잔에게 물어볼 게 있다며 다시 한번 전화번호를 대라고 했다.

"왜요?"

소년은 울면서 도리질을 쳤다.

"그녀를 경찰서로 불러야겠어."

소년에게는 아직 집으로 돌아가리라는 기대가 남아 있었던 걸까. 경찰이 위탁모를 부른다는 말에 가슴이 철렁했다.

"나는 전화번호 몰라 그녀가 어디에 있는지도 몰라. 나는 수잔을 찾을 수 없단 말이야."

비로소 소년은 수잔의 아동학대 사실이 밝혀지면서 학교장이 경찰에다 신고했다는 것을 이해했다. 경찰관 손가락이 무전기의 다이얼을 돌리는 광경을 지켜보면서 사지가 꽁꽁 얼어붙는 것 같았다. 자신에게는 제대로 작동되는 것이 아무것도 없었다. 경찰관이 소년을 홀딩센터로 데려갔다. 미국에서 홀딩센터는 한국의 경찰서 유치장과 비슷하다. 보호자 없는 아이를 사회복지사들이 맡아서 관리하는 공간이다. 경찰의 호출을 받고 경찰서에 온 위탁모 수잔의 목소리를 듣는 순간 소년은 기절하고 말았다.

베이비 브라운이라는 소년의 위탁가정생활 8개월은 그렇게 종지부를 찍었다. 아이에게 '동냥은 못 줄망정 쪽박까지 깨트려버린 형국'이 되고 말았다. 몬태나 주정부가 위탁가정 아동학대 실태를 파악하지 못해 열두 살 소년이 입게 된 상처는 가늠조차 어렵게 만들어버렸다. 이 세상 아무도 기억하지 못하는 그 세계를 기억하는 아이 영민하기 짝이 없는 이 소년에게 세상은 야박하고도 모질었다. 학교 간호사가 문제 해결에 적극 나섰으니 망정이지 대충 넘어갔더라면 아동학대는 얼마나 더 지속이 되었을 것인가.

소년은 눈을 떴다. 조그마한 방 안 소파 위에 누워 있는 자신을 발견했다. 천장 조명은 어둡고 묵직한 공기와 소변 냄새만 진동했다. 싱크대도 보이지 않았다. 변기도 없었다. 자신의 아랫도리를 내려다봤는데 바지가 흠뻑 젖어 있었다. 길거리에 떠돌아다닐 때도 경찰관에게 쫓겨 도망을 칠 때도 오줌을 지리지는 않았는데…, 소년은 또다시 기절하고 말았다. 그 상태로 얼마나 더 있었는지는 모른다. 깨어났을 때는 아무것도 기억이 나지 않았다. 몇 시간 동안 비몽사몽 헤매는 가운데 덩치 큰 남자가 다가왔다. 소년은 글을 읽지 못해서 그 남자의 소맷자락에 붙은 교정이라는 글자의 의미를 알지 못했다. 다만 남자의 제복 색깔과 마크를 보고 주립 소년원의 유니폼이라는 것을 알았다.

홀딩센터에서 수잔의 목소리에 놀라서 기절해버렸기

때문에 자신이 어떻게 소년원으로 옮겨졌는지는 알 수 없었다. 의사가 다녀갔는지 병원에 옮겨졌다가 경찰차를 타고 그곳으로 왔는지도 기억하지 못했다.

"오늘밤엔 네가 집으로 돌아가지 못한다고 이 아저씨가 니 엄마한테 알렸다."

남자의 말을 듣는 순간 '아~ 이제는 틀렸다. 엄마한테는 갈 수 없구나' 마구 눈물이 쏟아졌다. 울고 또 울었지만 누구 한 사람 달래준다거나 위로해줄 사람도 없었다. 보육원 경찰서 수잔의 집 학교는 모두 헬레나에 있는데 소년 자신이 있는 장소는 그곳과는 멀리 떨어진 실버 보 카운티(Silver Bow County)였다. 소년 브라운이 몇날 며칠 걸어서도 갈 수 없는 거리였다. 수잔 집에 간다고 하더라도 경찰관한테 잡혀 올 게 뻔했다.

브라운이 이리저리 주워들은 정보대로라면 소년원은 곧 형무소였다. 공포감과 두려움이 몰려왔다. 살벌하고 낯설기 이를 데 없는 이 환경에 살아낼 자신이 없었다. 며칠 동안 높은 열에 시달리며 끙끙 앓았다. 잠이 들었다가도 자꾸 깨고 음식물이 넘어가지 않아 토하기도 했다. 학교 간호사한테 곧이곧대로 말했다가 수잔을 보호하지도 못하고 여기까지 오게 됐다는 자책감에 시달렸다. 남자답지 못했다는 비열함이 엄습해왔다. 수잔에게 학대를 당하던 시간이 오히려 소중했다. 학대를 당하더라도 맘대로 돌아다니는 자유가 있는 헬레나로 돌아가고 싶었다. 선생은 이 무렵 외마디 소리만 지를 뿐 열두 살 소년이 할 수 있는 언어구사는 하지 못했다. 누군가가 말문이 열리지 않는 자신을 데리고 병원에 다녔고 그때 받았던 치료가 정신과적인 상담치료였다는 것은 어른이 되어서 알았다.

소년원은 비행 청소년이나 사회 부적응 청소년들의 사회 적응 목적으로 세워진 기관인 만큼 교육과정이나 훈련과정은 상당히 엄격했다. 원생들이 저지른 행위가 얼마나 나쁜지 이런 식의 삶을 계속하게 되면 진짜 형무소에 가게 된다는 정신 교육도 하고 자립 독립이라는 이름으로 목욕 청소 빨래하기 등 생활습관 기르기 훈련도 했다. 베이비 브라운처럼 초등학교 다니다가 그만 둔 아이들에게는 문해교육도 시켰다. 목공기술이나 부품 조립 등의 기술교육 프로그램도 있었다. 원생들 대부분 정규교육을 제대로 받지 못해서 글 읽기를 잘 못했다. 수학 문제 풀이나 글쓰기는 더 못했다.

원생 개개인의 입소 날짜도 달랐다. 생활관에서는 연

령이 비슷한 아이들끼리 생활했는데 먼저 입소한 또래들의 텃새가 만만치 않았다. 브라운 또래 숫자보다 15세 이상 소년의 숫자가 훨씬 더 많았다. 구레나룻에 수염까지 난 형들은 덩치로 본다면 이미 성인이었다. 형들이 어린아이들을 많이 괴롭혔다. 브라운은 일찍부터 길거리 생활은 했지만. 범죄를 저지른 전과가 없었다. 배가 고파 몇 번 도둑질하다가 어른들한테 붙잡혔지만 빵이나 우유를 얻는 선에서 끝났다. 그러다가 위탁가정에 들어갔다. 학교에서 도시락 훔친 적은 있었지만 소년원 형들의 도둑질에 비하면 도둑질이라고 할 수도 없었다. 주머니에 칼도 없었다. 몇몇 형들은 칼도 있었다. 어디서 누구에게 길들여졌는지 도둑질과 소매치기에는 선수였다.

어린 동생들에게 지나가는 아가씨 핸드백 칼로 긋고 현금을 챙겼다는 둥 어느 시장통에서 노신사 주머니를 털었다는 둥 마치 전쟁터에서 돌아온 개선장군처럼 의기양양 떠벌렸다. 도둑질하다 잡히면 도망치는 법 칼 쥐는 법 시연도 했다. 형들은 감독관 몰래 어린아이들에게 도둑질도 시켰다. 형들의 지시를 따르지 않거나 느리게 반응하는 아이 깜빡 잊고 형들의 물건이라는 것을 만진 아이에게는 집단구타가 기다렸다. 소년 브라운은 칼 잡는 법을 배우고 싶었다. 자신이 칼만 잘 다루게 된다면 형들이 함부로 건들지 못할 것 같았다. 소년원에서 지급된 간식용 과자를 어느 형에게 바치고 칼 쥐는 법을 배웠다. 병원에 실려 갈 정도의 큰 싸움은 아니지만 형들과 칼싸움하다가 두세 번 칼에 찔린 적도 있었다.

브라운은 아무것도 마음대로 할 수 없다는 불편함이나 경비원들의 감시보다 형들로부터 암암리에 행해지는 형태의 온갖 악행과 처벌이 더 무서웠다.

"Lighting Out(조명 아웃)."

이 말을 들을 때가 가장 두려웠다. 어떤 형이 경비원 한 명에게 자신이 훔친 물건이나 돈을 줬다면 소등시간 이후 그날 밤에는 적어도 한 건의 성폭력 사건이 일어났다. 소년 브라운이 입소하고 한 달쯤 형들에게 성폭력을 당했다. 선생은 영화 '쇼생크 탈출'에서 보그스 패거리가 종신형 선고를 받고 쇼생크 교도소에 들어온 신참 앤디에게 짐승처럼 달려들던 장면이 자신이 겪었던 바로 그 장면이라고 했다. 1960년대 전 미 대륙의 교도소와 소년원에는 동성 간 강간과 겁탈이 빈번하게 일어났는데 성인과 소년이라는 차이는 있을지라도 선생의 경험으로 볼 때 방법이나 가학성에는 큰 차이가 없었다.

아이들은 어느 순간에 그런 일이 일어날 것이라는 것을 알고 있었다. 그것을 발설한다는 것은 죽음이었다. 애원한다는 것은 더 자주 성폭력 당하게 될 거라는 예고 어둠 속에서 들려오는 울음소리는 누군가 영혼을 잃었다는 의미였다. 그 사건을 겪고 나서 브라운은 탈출을 결심했다. 머릿속에는 도주로와 도주 방법 찾기에 분주했다. 정문과 후문 창문 잠겨 있지 않은 문 사람들이 많이 드나드는 문을 유심히 살폈다. 소년원에 온 방문객들이 나가는 시간도 체크했다. 한꺼번에 가장 많은 인원이 나갈 때 묻어서 나가는 방법으로 준비했다.

국가 시설의 높은 울타리 안에는 웃음이 없고 자유가 없었다. 따뜻한 밥 새 옷 새 구두 편안한 침대도 소년의 아픈 가슴을 다독여주지 못했다. 테디가 알려준 아버지가 있는 그곳으로 찾아가야한다는 일념뿐이었다. 형들에게 성폭력 당하고 칼싸움에 동원되어 사는 것보다는 길거리 생활이 훨씬 더 나았다. 자나 깨나 탈출 기회만 노렸다. 탈출 기회를 잡기도 힘들고 실행에 옮기려다 그만둔 것도 한두 번이 아니었다. 몇 번인가 시도했지만 경비들의 감시와 푸른 바탕에 노란 줄무늬가 새겨진 소년원 유니폼 때문에 중도에서 그만뒀다.

"ok ok~"

어느 날 보았다. 원생들도 드나드는 쇠문인데 두꺼운 종이가 문틈에 끼워져 있었다. 얼른 봐도 잠금장치에 문제가 생겨 문이 잠기지 못하도록 임시 조치를 해놓은 게 틀림없었다. 브라운은 고장 난 이 문을 탈출 메시지 절호의 기회로 삼았다. 주정부 시설이라는 특수성 때문에 기계나 장비 등에 고장이 나면 즉시 수리가 이루어졌다. 브라운은 그날 저녁 식사 후에 생활관으로 들어가지 않았다. 고장 난 문을 통해 소년원 뒷마당으로 나왔다. 마당 한가운데 있는 양버즘나무 위로 올라갔다. 나무의 크고 넓은 잎은 몸을 숨기기에 좋았다. 사방에 어둠이 내려앉을 때 브라운은 소년원 뒷담을 넘었다. 운 좋게 경비원의 눈에도 띄지 않았다. 소년원 생활 3개월 선생의 나이는 열두 살 가을 저녁 9월 첫째 주 수요일의 일이다. 무조건 앞만 보고 뛰었다. 몇 시간 그렇게 어둠 속으로 내달렸다.

소년원에서 탈출하다

브라운의 소년원 생활은 짧았다. 헬레나의 밤거리에는 익숙하지만 실버 보 카운티 밤거리는 어디가 시장인지 어디가 주택가인지 구분조차 어려웠다. 경찰에 잡히면 안 된다는 일념 하나로 정신없이 달렸다. 얼마나 달렸을까. 그곳이 어느 동네인지는 모르지만 쓰레기통 트레일러가 있는 장소였다. 지역의 쓰레기가 다 모이면 새벽녘에 도시 밖에 있는 쓰레기 처리장으로 옮겨갈 때까지 모아두는 중간 집하장 같은 곳이었다. 밤이 깊어지기를 기다렸다. 음식물이 아닌 짚이나 나뭇잎 부스러기가 들어있는 쓰레기통 안으로 들어갔다. 나뭇잎 몇 장을 접어서 통과 뚜껑 사이에 끼워 숨구멍을 내놓고 통 안에서 잠이 들어버렸다.

컨테이너의 흔들림 때문에 눈을 떴다. 새벽이었다. 컨테이너를 실은 트레일러가 멈춘 곳은 쓰레기 종말 처리장이었다. 숨구멍으로 들어오는 바깥공기는 새벽이었다.

쓰레기를 전담하는 인부들이 금방이라도 몰려올 것 같았다. 소년은 뚜껑 밖으로 나왔다. 뿌연 새벽안개 너머로 기차역이 보였다. 말로만 듣던 실버 보 역이었다. 아침나절에 역사 쪽으로 가는 것은 위험했다. 기차역 근처 주유소 화장실로 들어갔다. 따듯한 물에 세수부터 했다. 소년원 탈출에는 성공했지만 금방이라도 경찰이 잡으러 올 것 같았다. 배도 고팠다. 큰 도로에서 멀리 떨어진 마을로 갔다. 빵집 앞에서 지나가던 행인이 준 샌드위치 한 조각 얻어먹고 시장 뒤편 으슥한 곳 폐가에 숨어서 저녁이 오기를 기다렸다.

'실버 보' 카운티는 컬럼비아강(江) 지류 클라크강 연안 작은 도시다. 1870년 중후반에는 은 처리 성공에 이어 구리광 발견으로 골드러시 시대 광산 도시로 급성장했다. 주도 헬레나를 중심으로 지역 광산에서 캐낸 철광석(iron ore)을 시카고에 있는 제련소로 수송하기 위한 화물 철도가 마을 깊숙이 들어왔다. 이 철도가 열두 살 소년의 도주로가 되었다. 노다지로 인생 역전 꿈꾸는 이들이 몰려들고 광산 마을에 돈이 풀리면서 밥집과는 다른 유흥주점들도 우후죽순 늘어났다. 뒷골목 으슥한 곳에 마약과 도박판이 벌어지는데 매춘이 빠졌을까. 베이비 브라운 베이비블랙… 핏덩이들이 버려지지 않았는데 이곳에 주 정부 차원의 보육원과 소년원이 세워졌을까.

밤이 되어 소년은 실버 보 기차 역사 쪽으로 나왔다. 역사 대합실에는 철도노선과 열차 시간표가 인쇄된 책자들이 비치되어 있었다. 광산 근로자와 철도 노무자들의 편의를 위해 제작된 인쇄물인데 소년은 ABCD 꿰맞춰 기차역과 도시 이름을 외웠다. 첫 새벽에 출발하는 시카고행 철광석 운반용 화물열차 시간과 어느 역에서 기차를 갈아타야 하는지도 알아냈다. 기차가 플랫폼에 들어오고 나갈 때는 속도가 붙지 않는다는 사실도 알아냈다.

자정쯤 역사 근처 주유소 화장실에 들어갔다. 더운물로 세수 하고 양말도 빨아 신었다. 변기 위에 엎드려 잤다. 첫 새벽 철길 가까운 곳에서 숨어 기다렸다. 시카고행 철광석 화물 열차가 선로에 움직일 때 재빠르게 뛰어올랐다. 쉬지 않고 달리던 열차가 속도를 줄여 플랫폼으로 들어갈 때 재빠르게 뛰어내리고, 마을 깊숙이 들어가 폐가나 빈집에 숨었다가 밤이 되면 다시 역사로 나오고 끼니는 음식물쓰레기 통에서 잠은 주유소 화장실에서… 타다가 걷다가 보름 만에 종착역 시카고까지 운이 좋아서인가 소년의 나이가 어려서인가 단 한 번의 검문도 받지 않았다.

시카고는 일리노이주 북동부 시카고 강 연안 미국 제 1의 교통 도시, 한국의 수도 서울 크기 면적이다. 소년이 엄마아빠와 가족나들이 왔다면 기차여행의 즐거움을 이야기하지 않을까. 유니언 중앙역의 위용을 설명할지도 모른다. 엄마 아빠와 함께 '네이비 피어(Navy Pier)'에서 바라본 저녁노을과 스카이라인에 대해 고급 레스토랑에서 멋진 식사를 했다거나 '셰드 수족관'에서 돌고래 쇼를 구경했다거나… 가는 곳마다 보고 들으며 신기했던 소년만의 추억이 많을 테지만 선생에게는 그런 추억이 없다.

낯선 거리에서 앞만 보고 달리다가 신호등에 걸려 멈춰 섰던 횡단보도 앞에서 눈물을 흘렸던 기억이 난다. 제목도 모르는 기타 선율이 소년의 오감을 건드리는 바람에 한바탕 눈물을 쏟았지만 거기 소년의 편이 되어 줄 사람은 없었다. 차가 다니는 도로에는 경찰관이 있었다. 잡히면 소년원에 가야하는 쫓기는 몸 큰길보다 뒷골목이 더 안전했지만 조금 덜 위험할 뿐 언제 누구에게 뒷덜미가 잡힐지 몰라서 조심 또 조심하는 수밖에 없었다. 배가 고프다 못해 허기지면 음식물 쓰레기통 뒤져 해결하고 발이 부르트도록 걸었던 기억만 있을 뿐이다.

갱스터들이 담벼락에 그려놓은 그라피티(벽화)와 마주
했다. 난생 처음 본 그림이다. 시카고행 화물열차 안에
서 떠돌이 일꾼들끼리 주고받던 이야기 생각이 났다. 벽
화는 갱스터들의 영역 표시라고 했다. 시카고는 마피아의
고장 갱스터들의 본거지, 알 카포네라는 자가 갱들의 두
목이라고 하더니, 금방 갱스터들에게는 그자가 하나님이
라고도 하고 갱스터들은 소년원의 원생들처럼 통일된 복
장(Outfit)을 입고 다닌다고 했다. 10년 전에 죽은 갱들의
대부 알 카포네가 '금주법' 시대를 호령했다는 말은 또 무
슨 뜻인지 죽은 자의 그림자는 어떻게 생겼는지 궁금했
다. 떠돌이 일꾼들 잡담 속에 들어있던 갱스터 두목 밤의
제왕 암흑의 대통령이라는 호칭에 말로는 설명되지 않는
호기심이 일었다.

베이비 브라운은 소년원이 형무소인 줄 알았는데 막상
그곳에 입소해서 살아보니 형무소는 아니었다. 자신처럼
버림받아 오갈 데 없는 아이들에게 국가가 먹이고 입히고
공부시켜주는 교육기관이고 훈련기관이었다. 소년원의
역할을 제대로 알고 나서 한때는 도망칠 생각도 접었다.
학교 공부는 지루하고 따분해서 하고 싶지 않았지만 기
술 배우는 것은 재미가 있을 것 같았다. 나름 배우고 싶

은 프로그램 탐색도 하던 중이었다. 물론 형들한테 성폭력을 당하면서 포기했지만 무언가 배우고 싶은 마음이 사라진 것은 아니었다. 소년원 탈출하다 잡히면 평생 범죄자로 낙인찍히고 살아도 산 게 아니라던 형들의 말이 소년을 괴롭혔다.

시카고의 시월은 겨울에 가깝다. 낮에는 먹을거리 구하려고 돌아다니느라 추위를 그다지 느끼지 못하지만 밤 시간은 몹시 추웠다. 음식물 쓰레기통도 얼어서 잔반을 구하기도 쉽지 않았다. 혼자서는 낯선 곳에서 살 수 없다는 것도 알았다. 길거리에서 또래 아이들을 만나면 소년의 발걸음이 저절로 그들 쪽으로 옮겨졌다. 아이들에게 일할 곳이 있는지 식당들은 어디에 모여 있는지 이것저것 탐문하며 돌아다니는데 한 패거리 아이들에게 둘러싸이고 말았다. 숫자가 많았다. 도망을 치기에는 이미 늦어버렸다. 그중에 제일 덩치가 큰 아이가 브라운에게 다가왔다. 어린아이들은 어른들의 보살핌을 받는다며 따라오라고 했다. 따라와서 조용히만 있으면 된다고도 했다. 브라운에게 선택지는 없었다. 패거리를 따라갔다. 도심에서는 한참 떨어져 있고 지금은 시카고 대학교 근처 이탈리안 커뮤니티 구역에 그들만의 은신처가 있었다.

도둑질과 소매치기의
꾼이 되다

　철거하다 말고 버려둔 폐건물이었다. 건물 속이 훤히 들여다보였다. 담벼락은 반쯤 부서져서 철근이 곳곳에 튀어나와 있었다. 어린아이들은 지하 컴컴한 곳에 모여 살았다. 며칠 지나면서 그 아이들이 갱스터라는 것을 알았다. 아이들은 모두 브라운보다 나이가 많았다. 소년 브라운은 무리를 지어서 산 적이 없었다. 거리에서 혼자 떠돌아다닐 때도 홈리스나 걸인들은 많이 보았지만 그들과 갱스터를 연결 짓지는 못했다. 두목과 부두목이 있었다. 갱단의 성격에 대해서는 아는 게 없었다. 갱이라는 조직의 위험성도 모르면서 갱스터 단원이 되고 말았다. 비록 소년 브라운이 경험하지 못한 위험이 기다리고 있을지라도 누군가와 함께 있다는 것만으로도 위로가 되었다. 갱스터 입단 신고식 때 단원 가입 축하 박수도 받았다. 보스가 하라는 대로 시키는 대로 하겠다는 맹세도 했다.
　"마이 네임 이즈 브라운."

자기소개도 했다. 물론 퍼스트 네임 베이비는 빠졌다. 갱스터(gangster) 형들과 함께 지내면서 그들의 일상이 하나씩 눈에 들어왔다. 그곳 아이들은 대부분 부모가 경제적 여건이 되지 않아 차에 태우고 가다가 쓰레기를 버리듯 길 위에 내려놓고 가버리는 경우였다. 길 위에 버려진 아이들은 자신을 구해준 보스한테 감화되어 갱단에 가입하고 보통 5~6명 공동생활을 했다. 잘 훔친다거나 소매치기를 아주 잘한다거나 저마다 잘하는 재주 한 가지씩은 갖추고 있었다. 보스가 어린아이들이 훔쳐 온 돈이나 물건 빼앗는 행위는 나쁘지만 아이들끼리는 서로의 가족이고 생존의 보루였다. 하루하루 그날그날 조달해 온 물품에 따라서 다음날 행동하는 멤버는 새로 정해졌다. 아이들은 한 건하고 잠수를 타버리는 훈련을 수없이 받은 탓에 경찰들에게 쉽게 잡히지도 않았다.

"Shut your mouth(입 다물고 있어)."

보스의 말 한마디면 족했다. 갱스터 한 명이 도둑질이나 소매치기하다가 경찰에 붙잡힐 경우 잡힌 아이 한 명만 입 닫으면 아무 일도 일어나지 않았다. 아이들이 조사를 받는다거나 교도소나 소년원에 가는 일도 없었다.

어린 갱스터들은 강인했다. 갱스터들은 은밀하게 계획

하고 조용히 실천했다. 그들과 함께 사는 동안은 도둑질과 소매치기는 지속이 될 수밖에 없었다. 또래 아이들도 형들도 모두 문맹이었다. 거리의 생김새 건물 크기와 간판에 그려진 업소의 특징은 그들에게는 이정표였다. 홈리스와 불량배, 알코올 중독자들이 우글거리는 도시 시카고 다운타운의 곳곳을 훤히 꿰고 있었다. 음식물과 의복 구하기, 안 잡히고 도망치기… 생존을 위해서라면 못할 게 없었다. 믿었던 보호자들로부터 버려졌다는 감정이 아이들을 그렇게 만들어버린 것은 아니었을까.

갱단 보스들의 세력 다툼도 자주 일어났다. 그들은 죽음도 불사했다. 그러다가 서로 화해도 하고 구역 정해 서로 침범하지 않겠다는 협정도 맺고 지내는 패거리도 있었다. 다들 쫓기는 몸이니 한 곳에 오래 머물지는 못했다. 보스가 가자면 가는 곳이 어딘지도 모르고 따라갔다. 다 함께 또 다른 장소로 주로 밤늦은 시간에 이동했다. 갱스터 아이들은 하루에 십 리 이십 리는 보통 걸었다. 주로 폐건물을 찾아 이동했는데 구세군 상가 근처 빈민 지역에서 가장 오래 기거했다.

60년대 시카고의 이탈리안 지구에는 구세군 본부(본

영)가 있었다. 이 본부를 중심으로 중고물품을 파는 상점들이 일정한 지역에 모여 장사를 했다. 갱스터 아이들은 이곳을 구세군 상가로 불렀다. 상인들은 옷이나 신발 그릇 액세서리 등 중고물품 위주 장사를 했다. 잘만 고르면 쓸 만한 물건을 저렴하게 구입할 수 있는 장점 때문에 점포마다 손님들이 북적거렸다. 소년 브라운이 갱단에 가입하고 한동안은 보스나 갱스터 형들의 별다른 통제가 없었다. 밤 점호 시간에 제자리에 있으면 아무 말도 하지 않았다. 브라운 혼자 낮에는 밝은 곳 춥지 않은 곳 찾아다니다가 구세군 상가까지 오기는 했지만 점포 안에 들어가지는 못했다. 점포와 점포 사이에 난 통로를 돌아다니다가 다리가 아프면 바닥에 쪼그리고 앉았다. 허기가 지면 식당가 레스토랑에서 버리는 음식물 잔반으로 배를 채우고 다시 상가 안으로 들어왔다. 길거리보다는 덜 위험하고 덜 추웠지만 경찰에 잡힐지도 모른다는 두려움 때문에 되도록 출입문 가까운 통로 쪽에서 놀았다. 쇼핑객의 아이인 줄 알다가 갈 곳 없는 아이란 것을 알게 된 상가 사람들의 곱지 않은 시선이 느껴졌다. 그들은 언제든지 경찰에 신고할 수 있었다.

소년 브라운은 '오늘만' 상가 사람들은 '하루만' 하는데 중고 가전제품 점포 사장님이 소년에게 점심 사주면서 분위기가 달라졌다. 상가 사람들은 소년을 '토미야(Hey, Tommy)'로 불렀다. 그들은 토미에게 잔심부름을 시켰다. 심부름이라야 이웃 점포끼리 물품 빌려주기 전달 사항 적힌 메모지 전해주고 답장 받아오기 정도였다. 심부름 효과는 바로 나타났다. 상가 사람들은 토미에게 화장실 사용을 허락했다. 누군가는 샌드위치를 사 먹였다. 누군가는 상가 뒷마당에 산처럼 쌓인 옷더미로 데리고 가서 토미한테 맞는 옷 골라서 입혔다. 그릇 가게 여사장님이 골라준 정장 차림으로 심부름 한 횟수나 기간은 짧지만 태어나서 처음으로 사람대접 받았던 기억이라고 할 수 있다. 상가 사람들에게 받은 비스킷이며 초콜릿과 장난감은 갱스터 또래들에게 모두 나누어 주었다. 소년은 자신의 행동이 보스의 눈 밖에 난다는 것은 생각하지 못했다.

소년원에서는 정해진 시간에 삼시 세끼가 나오고 춘하추동 의복에다 구두 모자 겨울에는 방한용 부츠까지 지급받았으니 의식주에 대한 걱정은 없었다. 그러다가 소년원 탈출 그 순간부터 의식주는 소년 스스로 책임져야했다. 의식주 해결은 생존 자체였다. 홈리스와 알코올 중독자와 마약쟁이가 우글거리는 거리에서 살아남기 위해 빵을 구해야 하고 안전한 잠자리도 확보해야 했다. 날씨에 어울리는 의복이 필요하지만 누가 갖다 주는 게 아니니 스스로 구해 입어야 했다.

구세군 상가 들락거린 게 두 달쯤 되었을 것이다. 상가 뒷문 계단 근처에서 장난감 자동차를 굴리며 놀고 있던 토미의 목덜미가 건장한 사내의 손에 잡혔다. 소년에게는 헬레나의 식당가에서 음식물 쓰레기통 뒤지다가 경찰관의 손에 잡혔던 경험이 있었다. 움찔했다. 가슴이 철렁 내려 앉았다.

"개새끼(Son of bitch)!"

욕설 내뱉는 음성이 귀에 익었다. 갱단의 부두목(Under Boss)이었다. 경찰관이 아니어서 안도의 가슴을 쓸어내렸지만 브라운은 일주일 동안 컴컴한 굴속에 갇혔다. 호되게 매를 맞았다. 자신의 손가락을 깨물어 다시는 혼자 돌아다니지 않겠다는 혈서까지 쓰고 나서야 또래들이 있는 거처로 돌아왔다.

그 일이 있고 나서 소년은 갱스터 형들 따라다니며 도둑질과 소매치기(Stealing&Pick Pocket)를 학습했다. 어떻게 하든 살아남아야 했다. 소년 자신이 가고자 하는 그 세계를 찾아가려면 시키는 대로 할 수밖에 없었다. 그렇게 몇 개월이 흐르고 나서 부두목이 다시 소년을 불렀다. 구세군 상가에서 잡혀 온 이후 혼자 돌아다닌 적이 없었다. 형들이 시키는 대로 도둑질도 하고 경찰에 잡히지도 않았는데 무슨 일일까 잔뜩 긴장했다. 불안에 비해 부두목의 표정은 전에 보다 온화하고 말씨도 부드러웠다. 소년의 빠른 적응과 잰 동작에 대해 잔뜩 칭찬을 하고나더니 물었다.

"너 동작이 매우 빠르더구나, 여기서 살려면 그래야지, 우리 보스가 너에게 임무 주셨다. 이제부터 내가 시키는 대로 할 거냐?"

"네, 시키는 대로 하겠습니다. 부두목님."

그날 소년은 부두목으로부터 막내 갱스터들의 끼니를 책임지는 임무를 받았다. 헬레나 장터 뒷골목에서 음식물 잔반을 확보해 본 것도 경력이라고 할 만했다. 먹거리 해결이라는 생산적인 일을 하면서 또래들 사이에 소년의 입지는 다소 튼튼해졌다고나 할까. 어린 나이 때문에 겪던 냉대도 사라졌다.

이탈리아 이민자들 중심의 이탈리안 지구 식당가 뒤편에도 음식물 찌꺼기를 수거해가는 컨테이너가 있었다. 낮 시간에 이 골목 저 골목 돌아다니다 보면 선술집이나 레스토랑에서 풍겨오는 냄새만으로도 저녁 식사가 채식이 될지 육식이 될지 판단할 수 있었다. 고기 냄새를 맡게 되면 그날 저녁은 진수성찬이 될 것이라는 촉이 왔다. 음식물 쓰레기통 속에서 신선도 좋은 재료를 확보한다는 것은 쉽지 않았다. 몇 날 며칠 식당가 영업이 종료되는 밤 10시 전후 어둑한 곳에서 쓰레기통을 주시하다가 알아냈다. 주방에서 조리되지 않은 식재료는 맨 나중에 한꺼번에 버려진다는 것, 쓰레기통 맨 위에 잔반이 꺼내기도 쉽고 덜 상한 음식이라는 것을 터득했다. 소년의 이런 판단이 매번 맞아떨어지는 것은 아니었다. 가끔은 야채와 불어터진 국수 불에 탄 고기들과 뒤섞인 잡탕을 건져 올 때도 있었다. 금방 버린 것 덜 상한 샐러드와 야채 닭고기와 소고기를 가져와서 다시 요리하게 되면 저녁 식탁은 풍성했다.

조리할 때 사용하는 불빛과 연기는 갱단의 위치가 노출될 소지가 많았다. 불빛 차단하는 위장막 설치를 하라는 부두목 명령이 떨어졌다. 소년은 은거지 뒤 비탈에다 구덩이를 팠다. 입구 양쪽에 돌을 쌓아 벽 만들고 판자와 나뭇가지를 걸쳐 놓으면 조리 시 불빛은 어느 정도 가려지는데 거친 바람이나 누군가에 의해 허물어지면 다시 설치를 반복했다. 매일 먹거리 해결에 매달리다 보면 몸은 녹초였다. 주린 뱃속을 채우고 나면 졸음이 쏟아지는데 막상 눈을 감으면 잠 대신 초롱초롱 눈이 떠졌다. 수잔은 여전히 술에 취해서 지내지 않을까 아니면 남편을 찾아가지는 않았을까. 한때 소년을 외삼촌에게 보낼 것이라고 하더니 그것을 행동으로 옮기지 못한 이유는 무엇일까 자신이 외삼촌한테 갔다면 그와 한집에서 살 수 있었을까. 중학생이 되면 멋진 이름 지어 판사한테 개명 허락받아준다고까지 했던 수잔이 개명 약속을 잊어버린 것은 아닐까….

학교에 들이닥친 경찰관 따라간 홀딩센터에서 기절하는 바람에 챙기지 못한 곰 인형 테디 생각도 났다. 테디는 수잔이 내다버렸을 것 같았다. 그걸 들고 다니는 소년의 '꼴이 꼭 살쾡이 같다'는 모욕과 핀잔 면박이 폭행으로 이어지던 기억도 났다. 비록 갱스터로 살고 있지만 테디가 곁에 있으면 무섭지는 않을 것 같았다. 테디의 말로는 아빠가 다 알고 있다고 했는데, '아빠는 알고 있으면서 어린 아들이 겪는 고통을 보고만 있는지.' 그렇게 눈물로 뒤척이다 보면 아침이 밝았다.

재즈와 블루스의 고장 갱스터들이 활개 치는 이 도시에서 갱똘마니가 되어버린 소년이 형들을 따라 밤거리로 나갔다. 시내버스에 올라 승객들이 두고 내린 가방이나 지갑을 노렸다. 버스가 정거장에 도착하기 직전 아무도 모르게 은밀하게 움직이는 것이다. 맨 뒷좌석이 앞좌석보다 좋고 승객이 많을수록 유리했다. 정거장이 가까워지면 내리는 척 앞으로 걸어 나왔다. 하차 손님인 줄 알고 승객들이 통로를 열어 줄 때가 가장 이상적이다. 소지품을 도난당한 사실을 승객이 알았을 때는 버스가 다음 정류장을 향해 달려가는 뒤였다. 이런 수법이 매번 성공하는 것은 아니었다. 실패할 경우가 더 많았다.

소년원 탈출과 무임승차라는 약점 때문에 실패든 성공이든 차가 멈추면 내려서 쏜살같이 튀었다. 스스로 취직할 수 있는 열여섯 살이 될 때까지는 무슨 일이 있어도 경찰관에게 잡히지 않아야 했다. 몇 개의 골목길과 횡단보도를 거친 다음에야 헉헉대는 호흡을 가다듬고 위치를 파악했다. 갱스터들은 낮 시간에 돌아다니며 식료품 상점이나 물품 보관 창고의 위치 알아놨다가 자정 무렵 경비가 허술한 점포만 골라 털었다. 값비싼 물건은 전당포나 암시장에 내다 팔았다. 그 돈으로 빵과 우유와 치즈를 샀다. 챙긴 현금은 보스에게 상납했다. 주택가 현관이나 계단에 수취인 부재중에 도착한 소포도 갱스터들이 표적이 되었다. 계단 타기 커브길 돌기 여우처럼 가볍게 점프하고 착지하기는 이때 적용되었다. 소포 안에 돈이 될 만한 것, 쓸 만한 것만 챙기고 나머지 것은 모두 쓰레기통으로 던졌다.

서부 영화에 매료되다

선생이 열세 살 무렵 ABC TV 로이 로저스 쇼 진행자 로이 로저스는 당대 미국의 청년들에게는 우상이었다. 그는 컨츄리 풍의 노래를 잘 부르는 가수이며 서부 영화의 유명 배우였다. 구세군 상가 점포 전면에 설치된 TV 앞에는 그의 쇼나 영화를 보려는 사람들로 북적거렸다. 선생은 쇼보다 로이 로저스가 출연하는 서부영화를 더 좋아했다. 쇼는 초저녁에 영화는 주로 늦은 밤에 상영되고 상인들이 퇴근하면 점포에는 전등과 TV를 켜 두고 간다는 것도 알았다. 상인들이 그렇게 하는 것은 소란 피우지 말고 서부 영화나 실컷 보고 가라는 갱스터들에게 보내는 메시지 상가 측과 갱단이 평화를 위해 맺은 협상 아니었을까. 아무튼 아이들은 초저녁부터 모포를 옆구리에 끼고 상가 근처를 기웃거리다가 점포가 문을 닫으면 TV 시청하기 좋은 장소에다 자리를 폈다. 서부극에 몰입한 그 시간만큼은 소년 브라운이 유기아동이라는 사실도 수잔도 생각나지 않았다.

선생은 베이비 브라운이라는 이름을 입 밖에 낸다는 것 자체가 싫었다. 영화를 보면서 베이비는 아예 빼버리고 그 자리에 로이를 넣어 로이 브라운!으로 불러보면 혓바닥에 착 달라붙었다. 맘에 들었다. 어른이 되어 개명하게 되면 로이를 쓸 것이라고 마음먹었다. 어린 갱스터들은 쇼가 시작되면 텔레비전 시청하기 좋은 장소로 흩어졌다. 더 잘 듣고 더 잘 보려다가 가끔은 아이들끼리 자리 다툼도 했다. 부모의 유기로 겪는 고통과 슬픔을 잊는 데는 쇼나 영화만큼 좋은 게 없었다. 조직의 이탈을 염려하는 보스의 제재도 안 통했다. 서부영화에 넋놓고 있다가 무심코 뒤돌아보면 점포 저만치서 두목이나 부두목도 영화에 시선을 고정시키고 있었다.

상가 뒷마당에는 중고물품 보관 창고가 있었다. 상인들에게는 중고품도 모두 돈이었다. 창고를 지키는 경비들도 있었는데 그들은 이 소년을 특별하게 경계하지 않았다. 브라운은 낮 동안 창고 근처에서 트럭들이 물건을 싣고 드나드는 시간과 창고 안에 보관된 물품의 숫자와 종류를 파악해 두었다. 경비들이 잠자러 가는 새벽 2시쯤 창문 깨고 들어가면 상자들이 눈에 익어 물건 찾기가 쉬웠다. 극히 짧은 시간에 필요한 물건을 두루 챙겨 나오는 게 가능했다. 물품 창고를 털 때는 혼자일 때도 있고, 갱스터 두 세 명이 함께할 때도 있었다. 아이들은 잭나이프를 갖고 다녔기 때문에 상자 개봉과 도둑질은 순식간에 이루어졌다. 값비싼 신발은 그런 방법으로 몇 번인가 훔쳤다. 창고 한 편에는 옷만 쌓아두는 커다란 용기가 있었다. 소년은 그 속에 들어가서 잠 자고 나올 때도 있었는데 창고 안을 들여다보는 사람은 아무도 없었다.

길거리생활에서 뜀박질은 자신을 보호하고 방어하는 수단이었다. 소년 브라운은 직선으로 달리는 것은 쉽게 숨이 차고 쉽게 지친다는 것을 알았다. 이 단점을 극복하려고 이리저리 실험 해보다가 지그재그로 달리는 방법이 더 적합하다는 것을 터득했다. 도둑질에는 높은 담장을 단숨에 뛰어넘어야 할 필요도 있었다. 커브를 돌아 몸을 숨겨야 할 경우도 생겼다. 눈 깜짝할 사이에 소리 나지 않게 잠긴 문을 따야 했다. 계단 타기 건물 꼭대기로 올라가서 여우처럼 튀고 착지하는 능력을 갖추는 것도 연습 없이는 되지 않았다. 열세 살 이후부터는 몸무게도 제법 불었다. 팔다리에는 조금 근육이 붙었다.

갱스터 생활에서 갈고 다듬어진 생존 기술이 후일 베

트남의 정글에서 위험에 처했을 때 자신의 목숨을 구해주리라고는 생각지도 못하면서 못된 학습에 열중했다. 되도록 체중을 줄였다. 근육은 탄탄하게 몸의 유연성을 기르려고 애를 썼다. 강도질과 소매치기 훈련과 노력의 결과물이 속속 나타났다. 공짜 음식 구할 수 있는 곳도 알아냈다. 한 살 나이를 더 먹으면서 소년에게도 2차 성징이 나타났다. 나이에 비해 작던 체구도 부쩍 커졌다. 몸이 성장하면서 내적인 성장도 경험했다. 열네 살이 되고부터는 문득문득 선한 사람이 되고 싶었다.

시카고 갱단에서
빠져나오다

하나님처럼 영웅처럼 느껴지던 알 카포네 전설도 시들해졌다. 갱스터 형들이 입에 침이 마르도록 칭찬하며 '닮고 싶다'는 말에도 콧방귀가 나왔다. 골목길 담벼락에 도배질 된 벽화도 그냥 낙서일 뿐이었다. 브라운 자신의 이런 감정이 갱스터 형들과 보스가 알아차릴지도 모른다는 두려움에 어깨가 움츠러들 때도 많았다. 내면의 울림은 증폭되고 갈등의 덩어리는 더 커졌다. '갱단 생활을 더 하느냐 마느냐 언제까지 도둑질과 소매치기로 길거리 생활을 할 것인가' 갈등 때문에 미친 듯이 돌아다니다가 밤늦게 교회로 잠입해서 주보나 찬송가 악보를 들고나와 ABC도 익혔다. 읽기 실력은 조금 향상되었지만, 덩치가 커지고 글 읽을 줄 안다고 몸에 밴 도둑질이 하루아침에 사라지는 것은 아니었다. 급하면 손이 먼저 나갔다. 도둑질하다 말고 죄의식 때문에 돌아서서 후회하며 자책도 했다. 소년 브라운이 온다 간다 말없이 사라졌다가 나타나면 경계의 눈초리가 느껴졌다. '혼자 잘 노는 놈'이라는 소문이 나돌았다. 부정적인 평가와 소문이 쌓이고 있다는 것도 감지했다.

그때까지는 밤이 되면 나이 많은 갱스터들이 도박과 마약 한다는 소리는 들었지만 직접 보지는 못했다. 그런데 어느 날 소년 보다 두 살 더 먹은 형이 보스가 있는 곳으로 끌려갔다. 그 형이 돌아왔을 때 브라운은 보스나 부두목 아니면 아주 큰 형들에게 성폭력 당했다는 것을 직감했다. 소름이 끼쳤다. 소년원에서 자신이 겪었던 장면이 떠올랐다. 이번에는 소년의 차례가 될 수도 있었다. 금방이라도 보스가 호출할 것 같았다. 생각만으로도 팔다리가 오그라들었다. 낮 시간에 혼자 주거지에 머물 수가 없었다. 운동화를 사오겠다 핑계 대고 길거리로 나왔다. 사 온다는 것은 도둑질을 의미했다.

정신없이 걸었다. 갱단에 몸 담고 2년 남짓 있을 곳이 못 된다는 결론을 내렸다. 무서웠다. 빨리 벗어나고 싶었다. 춥지 않고 따뜻한 도시로 가는 상상을 많이 했다. 처음 이곳에 올 때는 전혀 느끼지 못했는데 시카고 강의 저녁노을과 미시간호로 흘러가는 강물을 바라보는 것만으로도 가슴이 벅찼다.

저 멀리 '네이비 피어'는 거대하고 웅장했다. 오대호로 흘러가는 강물처럼 드넓은 세계로 가고 싶다는 욕망이 가슴에서 용솟음쳤다. 유니언 중앙역 광장에도 가을 색이 완연했다. 여행객들의 차림새에도 가을이 느껴졌다. 머지않아 겨울이 찾아올 텐데 '이대로 머문다면 몬태나의 겨울 못지않게 추운 시카고의 혹한을 이겨낼 수 있을지' 걱정도 되었다. 그날 저녁 때, 갱스터 주거지에 경찰관 두 명이 찾아왔다. 소년 브라운과 경찰관들이 직접 마주치지는 않았다. 경찰이 찾아왔던 그 시간대에 소년은 다른 곳에 있다가 주거지를 향해 터벅터벅 걸어가던 중이었다. 저만치 길모퉁이에서 흘깃 보았을 뿐이지만 자신을 찾아온 게 틀림이 없었다. 본능이 이제는 떠나라는 신호를 보내온 것이다.

단시간에 유니언 역으로 가는 도주로 찾기에 골몰했다. 아무리 빨리 걸어도 갱단 거처에서 유니언 중앙역까지는 하루에 갈 수 없는 거리였다. 가다가 도중에 잡힐 수도 있었다. 잡힌다면 보나 마나 형이 보스한테 당한 짓을 자신도 당할 게 분명했다. 갱단 배신자에게 보스의 처벌은 가혹했다. 목숨까지 잃을 수도 있었다. 그런저런 생각으로 머릿속에 도주로를 그리며 잠이 들었다. 꿈을 꾸었다. 소년은 누군가에게 쫓기고 있었다. 숨이 턱에 차도록 달아나는데 등 뒤에서 위탁모 수잔이 소년의 목덜미를 움켜잡으며 불렀다.

"브라우~우~ㄴ."

생시에 수잔에게 체벌을 받을 때처럼 소름이 돋지는 않았다. 그렇다고 그녀에게 부드러움과 다정함이 느껴지는 음색은 분명 아니었다. 걱정스러운 목소리였다. 얼굴은 보이지 않았지만 수잔이 틀림없었다. 그녀가 주는 가방을 받아들었다. 가방에는 새 옷 새 구두가 들어있었다. 수잔이 기차를 타고 가라며 소년의 손에 기차표를 쥐어줬다. 그녀가 주는 가방과 기차표를 받아들고 기차역을 향해 뛰어가는데 수잔이 이번에는 앞을 가로 막아섰다. 여전히 목소리뿐이었다. 따듯한 고장에 가면 성탄 패키지가 많을 것인데 성탄 패키지 속에는 소년이 다음에 가야할 곳이 있다고 했다. 현실처럼 생생한 꿈을 꾼 후 갱스터 생활 하루가 열흘 맞잡이였다.

더 있어야 하나 말아야 하나 재고 또 재던 참이었다. 경찰이 찾아오고 수잔에게 기차표 받는 꿈까지 꾸면서 결심은 굳어졌다. 소년은 갱스터들이 잠든 한밤중에 갱단을 빠져나왔다. 되도록 멀리 그들의 눈에 띄지 않는 곳으로 도망치는 거였다. 고통스런 현실과는 다른 기억의 공간 속에 있는 그 세계로 가는 거였다. 뷰트 소년원 탈출할 때처럼 갱단 탈출 이틀이 지난 첫새벽 유니언 역 플랫폼에서 남쪽으로 출발하는 화물열차에 뛰어올랐다.

소년의 목적지는 플로리다였다. 떠돌이 일꾼들과 갱스터 형들한테 들어서 플로리다가 춥지 않다는 것과 거기까지 가려면 기차를 여러 번 갈아타야 한다는 것은 알았다. 소년은 월급 받는 일자리를 찾고 싶었다. 두 살 더 먹은 만큼 일자리가 있을지 모른다는 희망을 품다가도 경찰에 잡히면 소년원으로 보내질 거라는 두려움이 앞섰다. 도망자와 무임승차라는 약점이 소년의 결심과 의지를 꺾어놓았다. 작은 체구와 몸이 잰 것은 유리하지만, 남루한 차림새와 길고 헝클어진 머리칼은 갱스터의 표적이 되기 십상이었다.

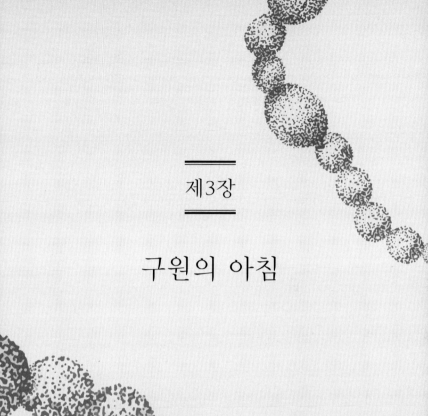

제3장

구원의 아침

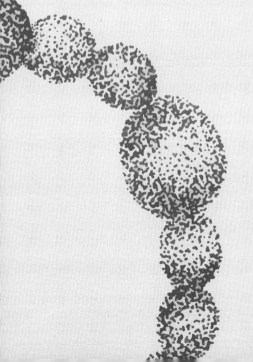

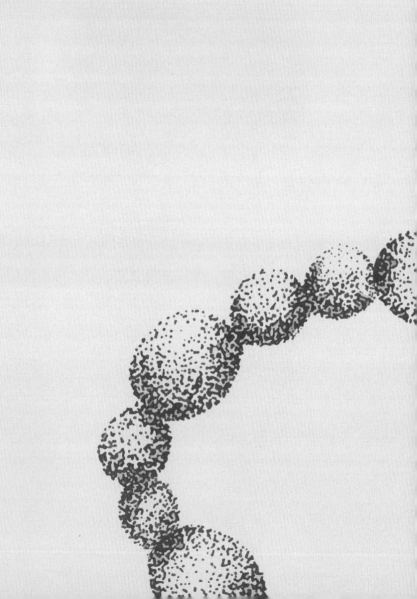

도망자 꼬리표 달고
세상 속으로

소년원 탈출 때도 따듯한 곳으로 가려고 했다. 시카고로 가겠다고 작정했던 건 아니다. 철광석 화물열차 종착지가 시카고여서 내렸을 뿐이다. 시카고 날씨가 추운지도 몰랐다. 갱들의 도시라는 것도 빈민굴이 있다는 것도 알지 못했다. 길거리에서 돌아다니다가 갱단 아이들을 만나 따라갔다가 갱스터로 살았다. 소년원 탈출 때보다 나이는 더 먹었지만 여전히 제대로 글은 읽지 못했다. 이력서 한 장 채울 실력이 못 됐다. 초등학교 시절에 일과표 짜 본 경험도 없는데 최종 목적지를 어디로 정할 것인지 어디에서 환승하고 어디에서 하룻밤 묵을 지 여행 계획 세우고 그 계획대로 움직이기에는 아직은 어려웠다.

학교를 제대로 다니지 않아서 정확하지는 않지만 4학년 봄 쯤 지리 수업 시간에 담임선생님이 보여주던 플로리다 반도 지도와 차트 항구에 정박해 있는 호화유람선 사진들이 떠올랐다. 그때 플로리다반도는 해양성 기후이고 마이애미와 탬파는 날씨가 따뜻하고 사철 춥지 않은 도시라던 선생님 설명이 생각났다.

언제인지는 특정 지을 수는 없지만 위탁모 수잔이 말한 플로리다도 분명 따뜻했다. 그녀가 자신의 친구들과 함께 가는 여행지를 결정하지 못해 의견이 분분했다. 그녀들이 실제로 플로리다로 기차여행을 떠났는지 다른 지역으로 여행을 다녀왔는지는 알 수 없다. 수잔이 오른손으로 수화기를 잡고 왼손으로 허공에 그림을 그려가며 '돈 많은 부자들의 호화 요트나 보트가 많아 춥지 않고 숙박 시설이 좋아…' 친구에게 마이애미를 아주 잘 아는 사람처럼 설명하는 수잔을 따라 플로리다 마이애미비치로 가는 상상에 빠졌던 기억이 났다.

그렇게 플로리다에 대한 몇 기억이 소환되면서 그곳으로 가야겠다는 마음을 먹었다. 야간 화물열차는 떠돌이 일꾼들의 사랑방이다. 미국 전역에서 생기는 사건이나 사고 온갖 사람을 난도질하는 공간이었다. 잡담은 어둠 속에서 더 잘 들렸다. 소년은 되도록 그들의 시선이 닿지 않는 구석진 곳에 몸을 숨겼다. 기차가 멈추면 먼저 뛰어내려 동네 깊숙이 들어갔다. 운 좋게 행인들이 던져주는 빵이나 우유, 초콜릿으로 배를 채우기도 했지만 시카고에서 경험한 대로 식당가를 찾아 음식물 쓰레기 컨테이너에서 끼니를 해결했다.

소년은 딱 한 번 히치하이킹을 했는데 그 딱 한 번도 마음씨 좋은 노부부를 만나서 가능했다. 돈이 없고 검문과 검색에 대한 부담 때문에 더는 할 수 없었다. 소년에게는 도보와 야간 화물열차 그 이상의 교통수단이 없었다. 갱단 탈출하고 스무날 넘게 걸려 마이애미에 도착했다. 마이애미는 휴양지 관광지 피한지다. 듣던 대로 춥지 않았다. 보트와 호화 유람선을 타고 온 사람들이 소비하는 고장이었다. 잠은 낚싯배에서 잤다. 괴롭히는 형들도 없었다. 도둑질하지 않아도 돈을 벌 수 있는 환경이었다. 보트 청소도 했다. 손님들의 심부름 해주고 번 돈으로 계절에 어울리는 옷 사서 입었다. 하루 빨리 글 익히고 월 고정수입이 생기는 직장 구해 남의 눈에 띄지 않게 조용히 살아가고 싶었다.

마이애미에도 빈민가는 있었다. 뒷골목의 빈민가는 항만 갱스터들의 거주지였다. 담벼락에 그려져 있는 갱스터들의 그라피티가 눈에 뜨이기만 해도 가슴에는 쿵쿵 소리가 났다. 자칫하면 이곳 갱스터들에게 걸려들어 다시 그들의 패거리로 살게 될까 봐 두려웠다. 어느 날은 항구

주변에 해양 경찰들이 깔렸다. 검문검색이 강화되는 가운데 젊은 남자 2명이 체포되어가는 장면을 목격했다. 남의 일이 아니었다. 붙잡혀 가는 것은 시간문제였다. 바늘방석이었다. 춥지도 않고 의식주 걱정 없는 고장이지만, 오래 머무르는 것은 위험을 자초하는 일이었다.

세계의 부호들과 호화 보트와 유람선이 정박해 있는 해안가에 앳된 사내아이가 혼자 돌아다닌다. 일정한 주거지가 없다. 손님들의 심부름 한다. 낚싯배에서 잠잔다. 찾아오는 사람도 없다. 이걸 누가 아무렇지 않게 볼 것인가. 누군가는 신고하지 않을까. 경찰이 찾아올 게 분명했다. 거리 생활하면서 오감은 예민해질 대로 예민해 있었다. 떠날 때가 다가오고 있음이었다. 마이애미비치에서 6개월 열다섯 살이 되던 해 초봄에 플로리다반도 중서부 탬파만에 위치한 휴양지 탬파로 갔다.

탬파는 플로리다주 서부에 있는 항구 힐스버러 카운티에 있는데 여러 개 다리와 수로로 연결된 도시다. 날씨는 마이애미처럼 따뜻하다. 한낮이 뜨겁게 느껴질 때 한차례 바람이 지나가면 금방 선선해지는 기분 좋은 기후다. 그 옛날에 인광이 발견된 이후 줄곧 지역경제가 호황을 누려왔다. 대도시에 버금가는 교육 문화 시설이 많다. 세계의 부호들과 긴 겨울에 지친 사람들이 사방에서 몰려왔다. 남녀노소 수영복 차림으로 거리를 활보했다. 옷 걱정이 필요 없었다. 열대과일이 지천으로 널렸으니 끼니 걱정할 필요도 없었다. 휴가차 왔다가 돌아가는 사람들이 두고 간 빈집도 수두룩했다. 이곳에서 열다섯 살 소년의 눈으로 휴양지의 밤과 낮을 주무르는 돈의 위력을 보았다.

탬파에서 4개월 지냈다. 탬파에도 휘몰아치는 바람과 눈보라가 없다. 포근한 날씨와 리조트 손님들 덕에 나쁜 짓하지 않아도 살아낼 수가 있었다. 그러나 도망자 꼬리표가 달린 이 소년이 어디서 마음 놓고 무엇을 할 수 있을까. 나쁜 짓하지 않아도 잡히기만 하면 소년원 탈출 이력이 들어나고 바로 체포될 것인데 누가 이런 소년을 거두어 줄 것인가. 그가 머물렀던 시간과 장소에서 늘 그랬듯이 탬파에서도 언제든지 떠날 준비와 각오를 하고 지냈다. 나름 규칙도 정했다. 남의 눈에 띄지 말 것 한곳에 눌러앉는다는 마음먹지 않기였다. 어느 날, 누군가가 주시하고 있다는 느낌이 왔다. 본능이 작동했다. 도망자가 숨어 살기에는 중소도시보다 대도시가 낫다는 것을 또 경험했다. 경찰이 오기 전에 새로운 고장으로 찾아가자였다.

소년은 탬파 공원에서 지병치료 차 휴양 온 어르신 한 분을 만났다. 어른의 요청으로 아침 신문이나 물과 초콜릿 사다주는 심부름했다. 가끔 보트 청소를 해준 적도 있다. 심부름 크기에 비해 받은 돈의 액수가 훨씬 많았다. 밥도 자주 얻어먹고 용돈도 몇 번 옷 선물도 받았다. 어른은 소년에게 캘리포니아에 가보라고 했다. 소년의 눈높이에 맞게 이민을 이사로 설명했다. 그는 캘리포니아를 플로리다처럼 따뜻한 도시 이민자들의 도시라고 불렀다. 캘리포니아에는 이사 온 사람들이 많아서 적응하기가 쉬울 거라며 그곳에서 안전하게 지내는 방법도 일러줬다.

길거리 생활은 할망정 갱스터는 되지 않겠노라 시카고를 떠날 때 결심을 한 번 더 다지며 탬파를 떠났다. 한 살 더 나이를 먹은 만큼 몸도 마음도 성숙했다. 캘리포니아에는 샌프란시스코가 있었다. 샌프란시스코는 여름이 서늘하고 겨울은 따뜻하다. 몬태나와 시카고에서 추위 때문에 적잖이 고생을 해왔던 터라 춥지 않은 것만으로도 기분이 좋았다. 치안도 나쁘지 않았다. 1960년대 미합중국의 경제 사정은 2차 세계대전 후 전례가 없는 호황기였다. 캘리포니아주정부의 제대군인원호법(GI Bill)시행으로 샌프란시스코는 일자리를 찾아 몰려든 제대군인들의 천지였다.

집 한 채 5~6천 달러였다. 자동차 1대 1천 달러 햄버거 1개 40센트에 살 수 있는 사회였다. 주거와 빵과 자동차… 삶의 기본 단위가 해결되면서 하층민이 딛고 올라설 사닥다리가 생겼다. 탬파에서 '샌프란시스코는 미국에서 제일 살기좋은 동네야!' 어르신 말씀이 생각났다. 캘리포니아 정보를 주던 그분 말씀대로 샌프란시스코는 이민자들의 도시였다. 차이나타운 재팬타운이 있었다. 한국에서 온 이민자들이 코리아타운 건립을 서두르고 있고 나라와 나라끼리 문화와 문화끼리 충돌하고 흡수되면서 샌프란시스코만의 독특한 문화가 생겨나고 있었다.

선생은 보았다. 다양한 색깔 다양한 옷차림에 장발과 맨발에 샌들 신은 히피(hippie)들이 거리를 활보했다. 소년이 봐왔던 청년들과 히피들은 달랐다. 히피들에게는 장발이 썩 잘 어울렸다. 나팔바지와 찢어진 청바지가 더 멋스러웠다. 히피들에게는 춤과 노래와 악기가 있었다. 거리에는 그들의 옷차림과 그들의 노래 그들의 걸음걸이를 흉내 내는 사람들이 넘쳤다. 소년은 돈이 없어 자르지 못하고 기른 장발과 갈색머리에 인디언 목걸이를 걸고 다녔으니 외관상으로는 히피였다. 그러나 리듬과 악기의 비밀을 몰랐으니 진정한 히피가 될 수는 없었다. 히피 문화가 만들어지는 고장에서 소년이 겪은 문화적인 충격은 컸으나 다문화와 다양성의 가치를 알기에는 이른 나이였다.

'모든 것은 누구의 것이 아니라 우리 모두의 것'이라는 사회 정서 덕분에 도둑질할 필요가 없었다. 지역 공동체 가서 밥 얻어먹고 자전거 빌려 타고 돌아다녔다. 거리에서 만난 수렵인종 이누이트족과 크리족에게 바다낚시 하는 법도 배웠다. 그들과 생선 요리로 식사를 하는 즐거움도 누렸다. 샌프란시스코에서는 음식물 컨테이너를 지켜본다거나 해가 지면 잠잘 곳 찾아서 기웃거리며 돌아다닐 필요가 없었다. 가는 곳마다 소년의 호기심과 모험심을 자극하는 놀이기구 천지였다.

디즈니랜드 공연이 보고 싶었다. 행사장 본부와 거리가 먼 쪽 어두운 장소 느슨한 펜스를 타고 들어가서 가족 그룹에 섞여 앉았다. 관람 도중에 누군가와 눈이 마주쳤는데 코너 돌기 계단타기 수법으로 위기를 모면했다. 산타페 열차를 타고 싶은데 돈이 없었다. 산타페 측에서 사회적 약자들에게 무임승차를 허용하는 제도가 있었는데도 몰라서 이용하지 못하고 타고 싶은 욕망 하나로 궤도

열차 밑으로 기어들어 갔다. 바퀴와 바퀴 사이 차대 붙잡고 겨우 발 뻗고 누운 자세로 모험의 나라 개척의 나라를 구경했다. 서부개척시대 마차 호박 모형 탈 것 디즈니랜드 명물 부기(Buggies)는 가족 단위 좌석이었다. 1인 무임 승차가 불가능해서 구경만 했다.

히피들에게는 자유가 넘쳐도 도망자에게는 자유가 없다. 조심한다고 했는데 누군가가 주시하고 있다는 촉이 왔다. 감시의 눈이 번뜩이는 고장에서 오래 머문다는 것은 불안했다. 한 해만 잘 버티면 취업 가능한 나이 열여섯 살인데 그 한 해가 전과자로 만들어버릴 위험이 있었다. 소년에게는 마이애미에서 리조트 청소와 손님 심부름하고 짐 옮겨주며 돈 벌었던 경험이 있었다. 디즈니랜드에서 호박 마차를 타지 못한 아쉬움 뒤로하고 그해 가을 샌프란시스코를 떠났다. 이제는 나쁜 짓 하지 않으련다. 소매치기도 하지 않으련다. 도둑질도 하지 않으련다. 다짐에 다짐했다.

정해진 목적지는 없었다. 그 넓은 미국 땅 어디에 가도 자신을 기다려 줄 사람은 없었다. 경찰의 눈을 피해 여기저기 돌아다니다가 미네소타주 미니애폴리스로 들어갔다. 이 도시에 미시시피강이 흐른다거나 배들이 목적지로 가다가 잠시 들르는 가항지라는 것은 중요하지 않았다. 떠돌이 일꾼들에게서 주워들은 정보 리조트 산업이 발달한 고장이라는 말과 도시 인심이 이민자들에게 넉넉하다는 소문이 그곳으로 향하게 만들었다. 도망자 그를 품어줄지 모른다는 희망 하나 봄 되면 리조트 쪽에 일자리를 찾아보자는 생각 하나가 더 있었다. 10월부터 5월까지 평균기온 영하 10도~20도 미니애폴리스의 겨울도 혹한과의 싸움이었다. 낮에는 리조트 위치 알아보는 척 돌아다니다가 식당가 음식물 컨테이너 뒤져서 연명했다. 컨테이너를 뒤질 때마다 얼굴이 화끈거렸다. 못할 짓이었다.

누가 지켜보지 않는다고 수치심이 사라지는 건 아니었다. 행인들의 눈빛에서 사지 멀쩡한 놈이라는 조소와 멸시를 읽을 수 있었다. 잠은 교회 계단이나 주로 농가 헛간에서 잤다. 짚더미를 이불 삼아 눈 붙이고 날이 새면 시내로 나왔다. 해가 또 바뀌었다. 사내아이 나이가 열여섯 살이면 청년이지 소년이 아니다. 길거리 생활이 길다 보니 뭐가 불편하고 뭐가 편한지 분별력도 키우지 못했는데 어느 순간부터 몸도 마음도 조금씩 살쪄졌다. 이대로 살아야 하느냐 마느냐 심한 갈등을 겪게 되면서 몸에 밴 악습도 주춤거렸다. 길거리 생활에 대한 회의감이 컸다. 도둑질과 소매치기에도 흥미가 느껴지지 않았다. 실수도 잦았다.

장님 할머니,
구둣발에 밟히다

  밤늦게 근처 교회에 잠입했다. 지하 계단에서 쪼그리고 잠을 잤는데 바닥에서 올라오는 냉기 때문에 일찍 잠이 깼다. 미니애 폴리스의 3월 아침 수은주가 영하 15도였다. 돈이 없었다. 사흘 동안 아무것도 먹지 못했다. 발짝 뗄 기운도 없었다. 허기 때문에 더 추웠다. 사지 멀쩡한 사내한테 공짜로 아침밥 줄 사람이 어디 있겠는가. 음식물 컨테이너조차 얼어서 뒤질 수가 없었다. 무료 급식소를 찾아가는 수고라도 하지 않으면 밥이 생길 길은 없었다. 폭설은 아니지만 공원 숲길에는 눈이 제법 깔려 있었다. 무료급식소라도 알아보려고 숲속 공원길을 어슬렁거리는데 저만치 앞에서 걸어가는 여성의 어깨에 고급 핸드백이 눈에 들어왔다. 그녀는 혼자였다. 발길에 채는 돌멩이도 빵으로 보일 판인데 그녀의 손에는 빵까지 들려 있었다. 그녀와 거리는 300m 안팎이었다. '사흘 굶어 담 안 넘는 사람 없다'는 한국의 속담에 맞아떨어지는 그 상황이었다.

"Perfect~ Stealing~ situation!(도둑질하기 좋은 상황)"

탄성이 절로 나왔다. 가방 안에는 보나마나 현금과 시계나 반지 등의 귀금속도 들어있을 것이었다. 잘 만하면 브라운 인생이 뒤바뀔 판이었다. 자신도 모르게 점퍼 안 주머니로 손이 들어갔다. 칼을 꺼내 들었다. 빠른 걸음으로 그녀를 향해 다가섰다. 가뿐하게 몸을 날렸다. 공중제비 넘기로 가방끈 자르고 핸드백 낚아채는 것까지는 완벽했다. 그런데 칼을 든 강도가 가방 끌어안고 땅바닥에 거꾸러지고 말았다. 착지에 실패했다고 생각하는 순간 할머니의 커다란 구둣발이 강도 놈의 등판을 짓눌렀다. 일어날 기운이 없었다. 도망칠 엄두도 내지 못했다. 그녀가 경찰에 신고하면 꼼짝없이 체포될 것이고 형무소에 보내질 게 뻔했다. 특수절도미수죄로 유죄판결 받고 전과자가 될 것이다. 여기서 체포되면 소년원으로 가야 한다는 사실에 눈앞이 캄캄했다.

"어디로 가니(Where are you going)?"

아무 말도 나오지 않았다. 할머니의 온화한 음성이 귓전으로 날아들었다.

"배고프니(Are you hungry)?"

"Yes."

간신히 대답했다. 사흘 동안 피죽 한 그릇도 못 먹었으니 구구한 변명 할 힘도 없었다. 할머니는 사랑과 보살핌이 가득한 음성으로 강도한테 아침 인사를 했다.

"좋은 아침(Good morning)."

할머니는 자신의 집으로 가서 아침 식사를 하고 싶은지 물어왔다. 갈색 장발과 헤진 청바지 구멍 난 신발… 칼까지 든 강도였건만 할머니는 경찰에 신고하지 않았다. 야단도 치지 않았다. 동전 몇 닢 던지고 돌아서지도 않았다.

강도와 천사의 만남이었다. 카인이 동생 아벨을 죽인 그 고장 아라비안나이트에 등장하는 단골 동네 사도 바울이 예수 잡으려고 가던 길 위에서 듣게 된 예수의 현현을 연상케 하는 상황이 미니애폴리스 눈 쌓인 공원길에서 벌어졌다. 무장 해제된 청년은 휘청거리며 그녀를 따라갔다. 그녀의 집은 공원 근처였다. 주택은 아담하고 고풍스러웠다. 선생은 아침 얻어먹은 그 자리에 쓰러져서 잤다. 연거푸 사흘 내내 잤는데도 할머니는 깨우지 않고 스스로 일어날 때까지 기다렸다.

할머니의 이름은 헬렌이었다. 선천적 장님이었다. 뉴

욕 클린턴 C 대학교에서 영문학을 강의하던 전직 교수 은퇴 이후 자신이 나고 자란 고장에서 언니와 함께 리조트 사업을 하고 있었다. 헬렌 할머니는 키가 2m 넘는 장신이었다. 오리처럼 뒤뚱거리는 걸음걸이 때문에 언니 할머니는 동생 헬렌을 DUCKY~로 불렀다. 자매는 둘 다 성품이 호방했다. 헬렌 할머니와 언니는 마을 사람들에게 브라운을 플로리다에서 리조트 일을 배우러 온 조카로 소개했다.

"여기 리조트에서 일 배워라."

헬렌의 배려에 브라운 자신의 선택은 의미가 없었다. 내 방 내 침대 내 책상 내 옷장이 갖추어졌다. 할머니는 좋은 삶의 시작은 정직과 근면임을 강조했다. 강도 청년에게 자기 존중과 평생 교육자로 살아가는 방법을 가르쳤다.

선생은 두 분 할머니의 보살핌 속에서 성서 공부를 시작했다. 세상에 태어나 처음으로 사랑이라는 단어를 가슴으로 느끼면서 시작했던 성서읽기는 지금도 하루 일과의 시작이고 마무리가 되고 있다.

"네 이름 바꾸어야겠다. 혹시 원하는 이름이 있으면 말해 보려무나."

헬렌은 아무것도 묻지않았다. 그녀는 앞은 보이지 않

아도 쌓인 연륜과 지혜 만으로도 청년의 상태를 알고도 남았다. 할머니는 조만간 날아들 군 징집 명령이며 청년의 장래를 위해 개명의 불가피성을 인식하셨다.

위탁모는 브라운으로 부르고 시카고의 구세군 상가 사람들에게는 토미였다. 텔레비전 속에 나오는 명배우 로이 로저스의 존재를 알고부터 로이로 쓴 적도 있었지만 호적에 등재 된 이름이 아니어서 당당하게 말하지 못했다. 그래도 플로리다에서 만난 어르신과 샌프란시스코에서 만난 이누이트족과 크리족 사람들은 그를 로이로 불렀다. 수잔에게 들었던 개명의 의미를 알고 품었던 희망이 그녀와 헤어지면서 무산이 되고 말았지만 기회가 오면 로이로 개명한다는 마음은 변함이 없었다.

영국의 4인조 록밴드 비틀즈가 유명세를 타던 시절이다. 메스컴에서는 연일 비틀즈의 미국 상륙 보도가 쏟아져 나오고 거리에는 비틀즈 미국 공연을 알리는 포스터가 나붙었다. 헬렌은 히피와 비틀즈의 등장을 뉴 에이지(New Age)라고 하셨다. 새 시대에 맞게 보컬 비틀즈와 휴이트 패커드 자동차에서 따서 짓자고 하셨다. 퍼스트네임은 로이 로저스의 로이, 미들네임은 자동차회사 휴이트(Hewitt), 라스트 네임은 비들로 결정되었다. 할머니는 리조트 법률 자문 변호사 메이슨에게 개명 절차를 진행 시켰다.

"로이 휴이트 비들 주니어(Roy Hewitt Beadle Jr)."

선생의 족보는 그렇게 만들어졌다. 변호사가 필요한 서류 갖추어 법원에다 신청하고 얼마의 시간이 흐른 뒤에 법원에서 개명 허가가 났다. 지역 사회에 알려진 헬렌 할머니 명망이 곧 사법부가 요구하는 인우보증서였다.

헬렌은 법원에서 온 개명 결정문을 주시면서 말씀하셨다.

"이제부터 네 역사를 만들어라…"

나쁜 일도 좋은 일도 '네 손으로 네 힘으로' 책임지고 패커드 자동차 강철처럼 강하게 살아야 한다는 당부도 하셨다.

1962년 가을날, 선생은 베이비 브라운이 호적에서 사라지는 것을 보았다. 열여섯 살 소년은 눈뜬 자들이 버린 자식을 눈먼 자가 거두는 모순과 역설 세상사 부조화에 눈떴다. 호적이 정리되자 경찰관이 찾아왔다. 소년원 도망자 베이비 브라운이 미네소타주 미니애폴리스 할머니 주소지에 있으니 확인이 필요했던 것이다. 헬렌은 경찰관에게 소년을 리조트 단지에서 근무하는 유급 노동자라고 말씀하셨다. 그날 경찰은 소년의 주거지가 일정하고 미성년자 노동착취가 아니라는 것을 확인했다. 미국 사회 남자 나이 16세는 법적으로 노동이 허용되는 연령이기 때문에 더 이상 베이비 브라운의 위치를 추적할 필요가 없어졌다.

헬렌 할머니 리조트 사업은 전후 미국의 경제 호황기와 맞물려 나날이 번창했다. 리조트의 입지 환경은 미시시피강의 은빛 물결이 한눈에 들어오는 휴양지로 더할 나위 없는 좋은 환경이었다. 할머니는 청년 스스로 배우고 익히는 과정을 지켜보시며 선생에게 적합한 맞춤 교육을 시작했다. 교사와 학생이 주고받는 대화 속에서 헬렌은 필요한 정보를 얻어 학생에게 적합한 맞춤 학습 과정 설계하기 학습 수준 끌어올리기 대화 가운데 주제 찾아 찬반양론 질문하기 학습 기법을 썼다.

그렇게 얻어진 결과를 에세이로 쓰라고 하셨다. 2년 남짓 할머니한테서 학습 훈련받으면서 '나만의 스타일로 주제를 탐구하고 나만의 글쓰기'가 가능해졌다. 선생은 헬렌 할머님의 뜻을 이해하고 틈틈이 리조트 일도 조금씩 익혀 나갔다. 건물 안팎에 벗겨진 페인트 걷어내고 새로 도색도 했다. 마당에 잔디도 깎았다. 숙박 손님 심부름도

하고 자동차 세차 일도 했다. 리조트 관리에 필요한 배관 기술도 익히며 타인의 경험까지 듣게 되는 의미 있고 즐거운 하루하루였다. 헬렌 할머니의 보살핌과 맞춤 학습 덕택으로 2년 만에 ABCD 터득하고 고등학교 과정(한국 검정고시)도 마쳤다. 이로써 후일 뉴펀들랜드 메모리얼대학교 진학 요건도 구비되었다. 미혼모의 아들로 태어나면서 어긋나버린 삶에 종지부를 찍게 한 분 비틀즈 시대 청년으로 거듭나게 해준 헬렌은 그에게 할머니요 어머니요 전인교육의 실천자였다. 어려운 문제에 부딪혔을 때마다. 중요하고 의미 있는 일을 결정할 때마다 할머니를 소환하는 선생의 습관은 그렇게 만들어졌다. '할머니께서는 어떻게 하셨을까' 질문부터 던져놓는다. 그리고 사색의 시간을 거친 다음에야 일처리를 한다.

자네,
저격수 되는 것에 관심 없나

1964년 여름의 일이다. 미 국방부로부터 군사 우편물이 왔다. 샌디에이고로 와서 해군에 입대할 절차를 밟으라는 통지서였다. 마음의 준비가 없었다. 징집에 대해 아는 것도 없었다. 길거리 생활 어렵게 청산하고 할머니 곁에서 안정을 찾고 있는데 군 입대라니 손이 부들부들 떨렸다. 항간에는 미국의 베트남전 파병이 경찰 고유의 치안 유지 업무가 아닌 전투병 파병이라는 소문이 파다했다. 전투병 파병이라면 전쟁터에서 적군과 싸우다가 죽을 수도 있다는 의미였다. 사지로 가는 것이었다. 서류상 내용으로는 군 경찰 지원군 업무였다. 병역거부자는 연방교도소에서 5년 동안 수감되는 처벌이 뒤따른다. 형기 마치고 사회에 나와도 불명예스러운 범죄자 낙인 때문에 취업도 할 수 없다.

캐나다는 미국의 젊은이들에게 국경을 열었다. 캐나다 대사관에 가서 자신을 미군의 탈영병 신고를 하면 캐나다는 망명을 인정해준다. 이렇게 되면 망명자는 미국으로 돌아갈 수 없다. 몰래 국경을 넘다가 체포되면 탈주자로 10년 징역이라는 형벌이 기다렸다. 징집은 국가의 부름이다. 미국에서 나고 자란 청년이라면 가야 하는 의무다. 미국의 거리에서 떠돌면서 겪은 모진 고통 속에서도 죽지 않고 살아남은 자신의 강인함과 헬렌 할머니의 눈물 어린 기도의 효험과 몬태나의 혹한 속 유기 아동임에도 죽지 않고 살아남은 명줄에 의지하는 수밖에 없었다.

"저 아이를 전쟁터로 보내는 것이 하나님의 뜻이라면… 천사의 안전을 지켜주십시오."

선생이 어떻게 할머니와 언니 두 자매의 기도를 잊을 수 있겠는가. 생사가 달려있는 전쟁터로 가는 만큼, 시간이 얼마나 걸릴지도 모르는 일이어서 어떤 말씀도 드릴 수가 없었다. 다만 지극 정성으로 자신을 돌봐주신 두 할머니의 은혜를 갚는 그날이 오기만 기다리는 수밖에 없었다.

샌디에이고는 캘리포니아주 최 남부에 있는 휴양 도시다. 15세기 가톨릭의 수도자 성 디에이고 이름으로 성장한 이 도시는 치안이 아주 좋다. 쾌적한 기후와 산자수명한 자연 환경 덕에 샌프란시스코와 더불어 '미국에서 살기 좋은 도시 부유한 백인들의 은퇴 도시'로 불리는 그만큼 물가는 비싼 편이다. 태평양 연안의 길고 아름다운 해변 도시 항만 도시 항공모함의 기항지 해안경비대와 해병대 등의 군사시설도 있다. 선생은 해군 도시 이곳 '네이비 씰'에서 미 해군 특수부대 지원병 훈련을 받았다. 훈련소에서 훈련이 시작되고 나서 일주일 정도 지났을 때 트레이너가 그를 불렀다. 그리고 물었다.

"자네, 저격수가 되는 것에 관심 없나?"

아차 싶었다. 뷰트 소년원에서 형들과 맞서 벌인 칼싸움이 생각났다. 장난감 칼이 아니었다. 날카롭고 예리한 잭나이프였다. 그 칼로 구세군 상가 물품 창고 털 때 티 하나 안 나게 상자를 뜯었다. 엔젤 할머니의 가방끈 자른 것도 '나의 손이고 나의 칼'이었다. 잊은 줄 알았던 재빠른 손놀림과 칼 잡는 품새가 교관의 눈에는 저격수의 자질로 보였던 모양이다.

"몸에 밴 손버릇 조심해라."

헬렌 할머니의 당부가 귓전을 때렸다. 공부에 막 재미를 붙였는데 중단해야 할 형편이고 가는 곳이 전쟁터라는 것과 군 경찰 생활이 4년 걸릴지 5년 걸릴지 알 수 없어서 어떤 계획도 세울 수가 없었다. 제대하면 두 분 할머니 모시고 살겠다는 결심으로 힘든 훈련 이겨내고 있었다. 누군가에게 인정받았다는 사실에 으쓱했다. 자신의 미래에 저격수가 어떤 영향을 미칠지는 생각지도 못하고 넙죽 승낙해버렸다. 후회막급이었지만 그곳이 어딘가. 명령에 살고 명령에 죽는 군대가 아닌가. 번복한다고 해서 달라질 것은 없었다. 그냥 닥치는 대로 해결하고 살아내는 방법밖에 다른 선택은 없었다. 그날부터 선생은 이름 없는 저격수였다. 상부에서는 그의 능력을 인정했다. 훈련소에서 선생이 요구하는 것은 모두 다 허락되었다.

파병 전 3개월 훈련은 그해 연말에 끝났다. 베트남으로 떠나기 전 짧은 휴가가 주어졌다. 아무것도 예측할 수가 없었다. 위탁모 수잔을 꼭 만나야 할 것 같았다. 헬렌 할머니가 그리 긴 시간은 아니지만 위탁모도 엄마라고 하시는 바람에 헬레나로 갔다. 수잔의 집에는 낯선 사람들이 살고 있었다. 집주인은 수잔의 소재를 알지 못했다. 마을 공동체를 찾아가서 이리저리 수소문했더니 그녀는 알코올중독에다 암으로 병원에 입원한 상태였다. 병원으로 찾아갔다. 그녀는 잠시 깨어났다가 혼수상태에 빠지기를 반복했다. 임종이 다가오고 있었다. 수잔은 브라운을 알아보지 못했다. 사실상 대화는 불가능했다. 그는 포옹과 키스로 사랑하고 있다는 것을 알렸지만 그녀에게는 아무런 반응이 없었다.

병원에서 수잔의 친구를 만났다. 수잔의 임종을 지켜 주려고 온 사람인데 그녀는 소년 브라운을 기억하고 있었 다. 수잔의 친구 중에서 한 명이라고 하는데 선생은 기억 하지 못했다. 그녀의 기억에 의하면 수잔은 결혼 후 10년 이 지나도록 아기가 생기지 않았다. 아기 때문에 부부 사 이가 나빠졌다. 수잔은 아기를 기다리며 고아들의 위탁 모로 지냈는데 수잔이 거둔 아이들은 모두 좋은 가정으로 입양되었다. 사회복지사는 수잔의 위탁모 생활과 모범시 민 수상 내력을 잘 알기 때문에 소년 브라운의 위탁 여부 를 타진했다. 수잔은 이혼 상황 극복의 한 방편으로 브라 운의 위탁모가 되기로 했다. 음주는 이혼 절차가 진행되 면서 시작되었고 브라운이 소년원으로 간 뒤 수잔은 폐인 이나 다름없이 지냈다고 했다.

양아버지가 떠나고 돌아오지 않으면서 두 분이 헤어졌 다는 것은 짐작했지만 이혼 사유가 아기 때문이었다는 것 은 처음 듣는 이야기였다. 짧은 인연이었지만 엄마와 아 들이었다. 소년에게는 마음 다해 받아들였던 나의 엄마였 다. 뷰트 소년원에서 화물열차 안에서 시카고 갱단에서 수잔이 있는 헬레나로 돌아가고 싶어서 얼마나 많은 눈물을 흘렸던가. 병원 문을 나서는 선생의 발걸음은 무거웠다. 그녀가 며칠을 더 버틸지 알 수가 없었다. 죽은 목숨이나 다름없는 수잔을 두고 간다는 게 못내 마음이 아팠다.

베트남으로 떠나는 특수부대 지원병들에게 미국 정부는 베트남의 치안을 담당하는 경찰 활동이라고 했다. 선생은 전쟁으로 무너지고 부서진 베트남의 치안 유지를 위해 가는 것이라는 공식 발표를 믿었다. 1965년 초 필리핀에서 1개월 현지 적응훈련 거치고 나서 베트남으로 이동했다. 미 해군 특수부대 지원병 그의 첫 근무지는 사이공 연안 선박이었다. 한국군 청룡 부대 경비대와 미군 CIA 저격수들이 함께 순찰 활동을 하면서 그가 믿었던 경찰 활동이 아니라는 것을 깨닫기 시작했다.

헬리콥터에서 고공 훈련할 때 착지에서 동료 훈련병들의 부상이 속출했다. 다리 골절 팔 골절 부상자가 속출하는데 선생의 착지는 완벽했다. 작은 실수도 없었다.

"좋아, 귀관 정도면 전쟁터에서 절대로 죽지 않아."

착지 성공에 대해 교관의 칭찬을 받을 때 위탁모 수잔이 아동학대용으로 자신에게 명령하던 헬리콥터 체벌이 떠올랐다. 그때 다져진 착지 감각이 자신의 발끝에 남아

있을지 모른다는 생각이 들어서 헛웃음이 나왔다.

1967년에는 1등급 선원으로 승진했다. 승진 후에는 메콩강 델타 리버 포스(Mey Cong Delta River Force)지원 팀으로 이적했다. 동료와 함께 CIA 미국특수부대 마이크 보트 팀 반란군 저격수로의 근무가 시작되었다.

베트남의 정글 속 자연 환경과 혼연일체가 되는 북베트남 군인들의 능력은 놀라웠다. 미군들은 깊이를 알 수 없는 밀림 속으로 들어가는 적군 쫓다가 북베트남 사람들이 설치해놓은 부비트랩 속으로 떨어져서 포로가 되거나 목숨 잃는 경우가 허다했다. 미군들만 피해를 입은 것도 아니다. 남베트남 군인들과 북베트남 군인들의 희생도 컸다. 우리 마을 내 집 나의 가족을 지켜내려던 민간인들의 희생은 숫자를 가늠하기조차 어려웠다. 선생은 목격했다. 남편을 잃고 아들을 잃고 가슴을 치며 울부짖는 베트남의 여인들과 폭격으로 부모가 죽고 갈 곳이 없어 거리에 떠돌아다니는 전쟁고아들을 보았다. 성폭력을 피하려고 카오나무 열매를 찧어 이빨에 물을 들이다가 숲으로 도망치는 여인들의 뒷모습에 가슴 아파했던 적도 있다.

메콩강 환경은 미국의 미시시피강과 비슷하다. 모래톱이 많고 수위가 낮아서 사각지대가 널려 있다. 메콩강 델타 리버 포스(Mey Cong Delta River Force)지원팀의 팀원들은 전투에서 어떤 대가를 치르더라도 적을 피하도록 훈련을 받았다. 북베트남 특수 부대원들은 로켓포와 기관총, 자동화염방사기 등으로 무장하고 사각지대에 숨어 마이크 보트(미 해군 기계화 부대 상륙용 주정(배))를 기다렸다. 마이크 보트 선장들은 메콩강 모래톱에 주의를 기울이지만 순식간에 보트와 승무원들이 메콩강 하류로 사라져버리는 일이 빈번하게 일어났다. 생존자들은 강물에 떠내려가는 팀원들을 속수무책 지켜볼 수밖에 없었다. 한번 떠내려간 보트와 팀원들은 영영 돌아오지 못했다. 베트남에서 5년간 군 복무를 마치고 귀국한 후 선생이 가장 극복하기 어려웠던 부분이 메콩강 하류로 떠내려가고 고향으로 돌아오지 못한 마이크 보트 팀원들이다.

한 번은 마이크 보트로 미군의 작전지역인 점프 오프 포인트로 이동하던 중이었다. 안전이 확보되지 않은 상태에서 야간 순찰이 시작되었다. 저격수 팀원들이 점프 오프 포인트 지역을 확보해주면 미 육군 레인저(유격수)들이 투하되어 북베트남 민병대가 설치해 놓은 로켓 발사대를 없애버리는 작전이었다. 작전에 참여한 저격수 구성 원칙은 언제 어디서나 일면식 없는 이들로 팀이 꾸려진다. 보트가 저격수 5명을 태우고 메콩강을 거슬러 올라가다가 강 모퉁이를 돌 때 북베트남군의 자동화염방사기가 불을 뿜었다. 마이크 보트에 명중했다. 순식간에 보트가 폭발하면서 팀원 3명이 즉사했다. 생존자는 선생과 팀원 1명 작전은 완전히 실패했다.

호랑이 우리에 갇히다

생존자 두 사람은 이미 스스로를 방어할 능력이 없었다. 도망칠 수도 없었다. 얼굴에다 진흙 잔뜩 바르고 머리만 내놓은 체 강물에 떠있었다.

"우리가 포로를 잡았다."

강둑에 있던 북베트남인들이 환호했다. 그들은 두 사람을 강둑으로 끌어올렸다. 북베트남 군인들이 몰려 왔다. 그 자리에서 두 사람 따로 분리시켰다. 선생은 눈이 가려진 채 그들의 손에 끌려다니다가 호치민 시 외곽에 있는 악명 높은 '타이거 케이지(tiger cage)'에 갇혔다. 호랑이 우리안에서 선생의 포로생활이 시작되었다. 타이거 케이지는 베트남 사람들이 밀림지대에 출몰하는 호랑이 포획을 위해 쇠로 만든 우리다. 가로 4피트 세로 5피트 크기에 앉을 수도 설 수도 없다. 엄마 뱃속에 태아 자세만 허용될 뿐이었다. 선생의 손과 발은 밧줄에 묶였다. 옷은 발가벗겨졌다. 음식물은 없었다. 쉬지 않고 물만 뿌려댔다. 얼굴에 흐르는 물을 혀로 핥아먹으며 견뎌내는 것 외에 할 수 있는 것은 아무것도 없었다.

선생은 미국 사람이다. 북베트남 군인들이 가장 저주하는 미군 저격수 포로를 칙사로 대접할 이유가 전혀 없었다. 호랑이 우리(Tiger cage)에는 고문과 학대만 존재할 뿐이었다. 인간의 존엄이나 생명 존중 따위는 처음부터 없었다. 계속되는 고문과 폭행 집요한 회유로 분별력이 흐려지는 순간 목숨만은 살려준다는 한마디에 팀의 정보와 기지 정보를 발설해 버릴 수도 있었다. 선생은 죽을 힘 다해서 "I don't know"를 외쳤지만, 시시각각 죽음의 그림자는 다가오고 있었다. 아물거리는 기억 속에서 미군 포로 구출 작전에 몇 번 참여했던 기억이 났다. 저격수 한 명 손실로 아군의 피해를 잘 아는 상부에서 이미 포로 구출 작전에 돌입했을 것 같았다. 그렇다면 시간을 벌어야 하는데 시간을 벌 수단이나 도구는 없었다. 호랑이 우리 안에서 오그린 채 앞을 볼 수도 없고 손을 쓸 수 없으니 산송장이나 마찬가지였다. 어느 순간 위탁모 수장의 학대가 아니라 내가 놀다가 다친 상처라고 둘러댔을 때 눈을 흘기던 학교 간호사 메리의 얼굴이 안대 안으로 들어왔다. 선생은 살기 위해서 그녀를 붙잡았다. 환영이라는 것 알면서도 메리의 미소를 놓치지 않으려고 이 악물었다.

이튿날 새벽 3시쯤이었다. 누군가가 타이거 케이지 영
내로 뛰어 들어왔다. 눈이 가려져 있으니 식별은 되지
않았지만 기지에서 포로 구출 작전이 시작되었다는 신
호였다.

"미국 사람이다~"

경비병이 밖으로 나가지 않으면 총 쏘겠다 위협하며
침입자에게 마구 욕설도 퍼부었다. 군인들의 위협과 욕설
속에서 베트남의 몽크(어린 승려)가 왔다는 것을 알았다.
침입자 몽크는 아랑곳하지 않았다. 미국 사람이니 풀어주
라는 것이다. 쿵쿵 발소리가 나더니 케이지를 감고 있던
포도 넝쿨이 툭툭 잘려나가는 소리도 났다. 선생의 손과
발을 묶어놓았던 포도넝쿨도 잘려나갔다. 몽크는 쏜살같
이 달아났다. 감시하던 병력들이 전부 몽크를 쫓아 우루루
몰려갔다. 선생은 자유로워진 손으로 안대를 풀었다. 멀리
숲으로 달아나는 승려의 붉은 가사 자락은 보았는데 어린
몽크는 흔적 없이 사라졌다. 이때 선생도 재빠르게 정글
속으로 뛰어들었다. 숲에서 밤이 오기를 기다렸다. 그날
밤 늦게 미군의 작전 보트에 실려 기지로 돌아오면서 7일
간 포로 생활은 막을 내렸다. 군부의 신속한 구출 작전과

동작 빠른 몽크 덕분에 선생은 살아서 돌아왔지만 팀원
한 명의 생사는 끝내 확인되지 않았다.

미국의 ABC TV 드라마 브래디 번치(The Brady
Bunch) 시트콤은 로스앤젤레스를 배경으로 각자 세 명의
자녀를 둔 마이크 브래디와 캐럴 앤 마틴의 재혼가정의
이야기다. 준비 없이 시작된 여덟 가족의 좌충우돌하는
일상 117부작인데 미국 가정의 새로운 모델 제시라는 평
가를 받았다.

베트남의 미군기지에는 이 시트콤을 보기 위해 미군
병사들이 TV 앞에 앉아있는 모습을 흔히 볼 수 있었다.
전쟁터에 온 청년들이 죽음의 냄새를 지우는데 브래디 번
치 시트콤만큼 위로가 되는 게 없었다. 코믹물의 특성상
드라마 속 배우들과 웃고 즐기는 30여 분은 죽음이 주는
공포에서 벗어날 수 있었다. 그 시간만은 남의 나라 전쟁
터에 죽으러 온 군인이 아니었다. '미국의 시민이고 미국
의 아들'이었다. 선생이 타이거 케이지 후유증 치료를 위
해 입원한 병동에도 브래디 번치가 방영되고 있었다. 정
신과 병동 담당 간호사 라이 탐은 TV 채널을 브래디 번
치에 고정시켜 놓았다. 후유증 치료를 위해서라는 간호사
의 당부 때문에 보는 척은 했지만 그녀가 병실에서 나가

버리면 오만가지 생각이 엄습해 왔다.

선생이 있는 곳은 헬레나 보육원이다. 누군가에게 속하고 싶어 몸부림치다 말고 보육원을 뛰쳐나온다. 찬바람 웅얼거리는 헬레나의 거리를 떠돌아다닌다. 위탁모 수잔의 모진 체벌에 시달렸다. 뷰트 소년원 형들에게 성폭력 당하고 소년원 탈출해서 도망치다가 쓰레기통에 들어간다. 시카고행 철광석 화물열차를 탄다. 도둑질과 소매치기를 하는 갱스터로 산다…. 군 경찰이라는 특수 신분이 되면서 자신의 안전을 눈물로 기도해주시던 헬렌 할머니 안부 묻는 일조차 할 수가 없었다. 전쟁이 끝나도 돌아갈 곳 없고 반겨 줄 가족조차 없었다. 메콩강을 거슬러 오르다가 눈앞에서 폭발하던 보트와 허공으로 흩어지던 팀원들의 팔과 다리 타이거 케이지 속에서 겪었던 고문과 학대 장면이 달라붙었다.

선생은 드라마의 어떤 장면에서 몰입하게 되었는지 모른다. 어느 순간 공포와 불안과 환청이 완화되는 느낌이 왔다. 약물 덕인지 드라마 덕인지는 모르지만 굳이 설명하라면 두 가지 모두였다. 어느 순간 선생은 남자주인공 브래디 번치네 큰아들이 되어 있었다. 공무원 아빠의 퇴근을 기다리는 소년에서 엄마의 집안일도 돕는 큰아들 동

생과 다투고 나서 먼저 손 내밀어 화해하는 형으로 재산
세 체납으로 집안에 어려움이 닥쳐왔을 때는 동생들과 힘
을 합쳐 해결에 뛰어드는 장남 역할 의젓하게 해냈다. 드
라마의 마지막 장면은 자신의 각색 본이다. 미국의 청소
년 보호법의 근로 가능한 연령 열여섯 번째 생일맞이 여
행지 샌프란시스코에서 자신이 보고 들은 감상을 엽서에
적어 엄마에게 띄우는 내용으로 꾸몄다.

어릴 적에 보았던 로이 로저스 쇼와 영화가 소년의 정
서를 다독이는 위로의 손길이었다면 시트콤 브래디 번치
는 청년의 몸과 마음 챙겨보는 성찰의 시간이었다. 기억하
고 싶지 않은 과거까지 무덤덤하게 바라보는 여유를 선물
했다. 선생은 이때를 '사고의 대 전환의 시대'라는 표현을
썼다. '전쟁이 끝나면 나도 돌아갈 곳이 있다. 반겨주실 할
머니도 계신다. 헬렌 할머니 곁에서 대학 공부를 하게 될
것이다. 군대에서 모은 급여만으로도 살아가는 데 부족함
이 없으니 잘못되어도 범죄 소굴에 내 발로 걸어 들어가는
일은 없을 거다. 갱스터로 보냈던 시간을 지우려고 애를
쓰지도 않을 거다. 그 기간이 짧았다거나 핑계대거나, 어
려서 멋모르고 따라갔다는 변명도 하지 않을 거다.'

거리에서 만난 아이들 따라갔다가 갱단에 신고식하고

며칠이나 되었을까. 한밤중인데 형들이 가자는 대로 따라갔다. 이탈리안 지구는 워낙 넓어서 어디서 어디로 몇 시간 걸었는지는 모른다. 발이 시려서 달음박질쳤던 기억이 나고 눈을 뜨니 아침이었다. 먼저 있던 은거지가 지상이라면 형들 따라 이동해 간 그곳은 지하 공간이었다. 창문이 뜯겨나간 창틀과 삐죽삐죽 튀어나온 철근하며 금방이라도 무너져 내릴 것만 같은 폐건물이 선생 자신과 닮았다는 생각이 들었다. 겨울을 재촉하는 비가 내렸다. 다행히 비가 들이치지는 않았다.

"부두목님, 안녕하세요."

부두목(Under Boss)이 새 거처에 나타났다. 어린 갱스터들은 긴장했다. 형들 따라서 소년 브라운도 무릎 꿇고 머리를 조아렸다. 인사를 했는데 부두목이 미간을 찌푸렸다. 브라운 대하는 눈빛이 섬뜩했다. 그는 브라운의 목소리가 모기소리만하다고 했다. 큰소리로 인사를 하라고 해서 한 번 더 했는데 한 번만 더 그러면 용서하지 않겠다는 뉘앙스가 확 풍겼다. 부두목이라는 자의 얼굴은 갱단 신고식 때 보았지만 새 거처에서 보는 건 처음이었다. 그의 오른손을 감은 붕대에 밴 혈흔에서 누군가와 크게 싸움한 게 틀림없었다.

열두 살에서 열다섯 살짜리 여섯 명 대상으로 부두목의 갱스터자질 갖추기 교육이 시작되었다. 비슷한 내용이 반복되면서 그가 어린 갱스터 일과와 행동거지를 감시하고 교육시키는 사람이라는 느낌이 왔다. 길거리에 떠돌아다니던 고아들이 갱스터로 자라는 데는 교육과 훈련이 필요할 것이다. 아이들의 이탈 막는데 필요한 롤 모델은 밤의 대통령 알 카포네가 적격이었을 것이다.

부두목이 스노키 스노키 했을 때 선생은 현재 시카고 갱단 두목의 이름인 줄 알았다. 한참 이야기를 듣다가 보니 스노키는 십 년 전 죽은 알 카포네 별명이었다. 알 카포네 얼굴에 생긴 칼자국 때문에 그런 별명이 붙었다는 것이다. 이탈리아 이민자아들 알 카포네는 금주령 시대 억만장자로 서른 살이 되기도 전에 아메리칸 드림 성취한 남자였다. 그런 알 카포네가 탈세 혐의로 교도소에 가게 되었는데 국세청이 탈세 혐의를 밝혀낸 게 아니었다. 방패막이가 되어 주던 변호사 이지에디(Easy Eddie)가 제발로 FBI에 가서 고발한 것이다. 그 바람에 스노키가 억울한 옥살이를 했다는 것이다. 부두목에게 이지에디는 배신자 나쁜 놈 저주받을 놈이었다.

알 카포네는 이지에디를 이지로 불렀다. 스노키는 자신

의 변호사 이지에게 금전으로 보상했는데 보상 액수가 어마어마했다. 이지는 거부로 호의호식하며 잘 살았으며 차를 몰고 사카고 외곽 도로를 달리다가 마피아들의 총알 세례를 받아 즉사했다는 내용이었다. 교육 마무리에는 보스의 은혜에 대한 충성과 배신에 대한 응징 방법이 들어있었다.

갱스터 교육용 알 카포네 전설에는 이지 변호사 변호능력에 대한 칭찬은 한마디도 없었다. 알 카포네가 밀주판매 도박 살인 이력이나 갱 선배 토리오한테 시카고 매음굴까지 물려받아 부를 축적했다는 내용은 빠져 있었다. 부두목이 배신자라고 비난하던 변호사 이지에디의 아들 부치 오헤어에 대한 이야기는 브라운이 캘리포니아와 플로리다로 가는 야간열차 안에서 떠돌이 일꾼들한테 들었다.

이지 변호사는 아들에게 좋은 아빠 훌륭한 가문 물려주는 게 소원이었다. 그의 아들 에드워드 조셉 오헤어는 아버지의 소원대로 명문 미 해군사관학교를 졸업했다. 2차 세계대전 때는 일본 전투기들의 연료 탱크를 공격하여 전쟁을 승리로 이끈 영웅이었다. 시카고 북쪽 오헤어 국제공항은 또 다른 전투에서 장렬하게 전사한 부치 오헤어를 기리기 위해 미국 시민들이 명예롭게 붙여준 명칭이라고 했다.

"온갖 못된 짓을 하던 애비란 놈이 새끼의 장래를 위해서~"

어둑한 밤 기차 안에서 낯선 사내 입에서 툭 튀어나온 한마디가 소년 브라운의 가슴을 후벼 팠다. 테디가 꿈속에서 하던 말이 떠올랐다. 내가 당하는 고통과 슬픔을 다 보고 있다는 나의 아버지는 무엇 때문에 나를 구해주지 않는지 가슴 밑바닥에서부터 치밀어 오르는 슬픔과 분노를 꿀꺽 삼켰다.

붕대 감긴 손으로 어린아이들에게 알 카포네 무용담과 배신자 이지에디의 최후를 이야기하던 부두목은 여전히 그곳에 있을까. 눈 동그랗게 뜨고 부두목의 입만 쳐다보던 어린 갱 똘마니들은 어디에서 무엇하고 있을까. 여전히 도둑질과 소매치기로 하루를 살아가는 것은 아닐까. 보스한테 당한 성폭력의 충격으로 앓아누웠던 형은 체구가 왜소하고 말수도 적었다. 브라운과 시선이 마주치면 희미하게 미소만 짓던 그 형은 그때 어딘가로 끌려가서 맞아죽지는 않았을까… 그때 베이비 브라운은 지금 남의 나라 전쟁터에 와 있었다.

프랑스계 아내와
러브머니 시작하다

미군 CIA 특수요원들은 월급이 많았다. 선생은 부모 형제가 없다. 책임져야 할 가족이 없으니 본국에 송금할 일도 없었다. 통장에는 잔고가 늘어났다. 부대에서 제공한 사이공 시내 주택은 규모도 크고 시설이 좋았다. 작전이 없는 날에는 집에서 독서도 하고 TV도 보고 음악도 들었다. TAX 백화점에 나가 쇼핑도 즐겼다. 요리도 하고 빨래도 했다.

사이공 병원에서 한 달 가까이 정신과 치료 받고 나서 퇴원했다. 업무에는 복귀했지만 바로 작전에 투입되려면 안정과 휴식이 필요했다. 주말이었다. 식료품 사러 백화점에 갔다가 식료품 매대 앞에서 정신과 병동 라이 탐 간호사를 만났다. 그녀는 주말을 맞아 부모님 댁에 가져갈 장보기를 하는 중이라고 했다. 반가웠다. 자신을 돌봐준 간호사에게 감사를 전할 좋은 기회였다. 커피를 사고 싶다는 선생의 제안에 그녀가 응하면서 두 사람은 커피잔

앞에 두고 많은 이야기를 나눴다. 라이 탐이 영어에 능숙하다는 것은 병원에서 알고 있었다. 미군들이 입원한 병동에서 그녀의 막힘없는 영어가 빛을 발하는 것을 보았다. 그녀는 불어에도 능했다. 그날의 만남을 계기로 두 사람은 부쩍 가까워졌다. 직장 생활에서 몸에 밴 습관 때문인지 두 살 연상이라는 나이 때문인지 선생은 라이 탐 만날 때마다 그녀에게서 느껴지는 의젓함이 좋았다.

선생에게 작전이 없는 날과 그녀의 휴무가 겹치면 두 사람은 데이트를 즐겼다. 함께 쇼핑도 하고 맛 집도 다니고 베트남의 명소를 찾아 여행도 했다. 라이 탐 따라간 다낭에서 식민지 시대 역사 유적지 다낭대성당 방문도 했다. 성직자들의 무덤인 납골당 탐방에서 그녀가 들려주는 프랑스 식민지 시대 베트남 사회를 이해했다. 탐이 그를 다낭에 데려온 이유와 그녀가 베트남에 있어야 하는 이유도 알았다. 라이 탐의 어머니는 남베트남 사람인데 프랑스 군인에게 성폭력 당하고 탐이 태어났다. 현재 가족들은 사이공 외곽 미토에 살고 그녀는 의붓아버지와 의붓형제들의 편견 없는 보살핌 덕에 구김 없이 자랐다. 그녀가 불어를 배운 동기도 언젠가 친아버지를 만나게 될지도 모른다는 희망에서 시작되었다. 탐의 외모에서 프랑스계 혼혈이 아닐까 짐작은 했지만 미혼모의 딸이라고는 생각지 못했다. 간호업무의 특성상 그녀는 병원 기숙사에서 지내며 휴무에는 부모님이 계신 미토를 다녀온다.

라이 탐의 출생은 곧 선생 자신의 출생이었다. 슬픔이 치밀어 오르는 가슴 한편에는 탐이 자신처럼 버림받지 않았다는 것에 안도했다. 탐의 눈동자는 수려하고 깊었다. 선생은 그녀와 마주 앉으면 현지 적응훈련 받던 필리핀 해안가에서 만났던 거북이가 떠올랐다. 거북이 발목에 감긴 끈 잘라 주던 그때처럼 땅바닥에 한쪽 무릎 꿇고 탐에게 프러포즈했다. 두 사람은 결혼했다. 선생이 결혼 허락을 받아내는 데는 탐 부모님의 미군 경찰 공무원에 대한 절대적인 신뢰가 크게 작용했다. 미국 내 베트남 전쟁에 대한 반대와 비난 여론이 높아지던 때였음에도 선생에게 그녀와의 결혼은 희망이고 위안이었다.

미군이 제공한 사이공 주택에서 부부는 신접살림 차렸다. 전쟁터에서 꾸려진 가정이지만 선생은 아내와 함께 보내는 가정이라는 울타리가 귀하고 소중했다. 아내는 간호사요 남편은 작전에 따라 움직이는 군경찰 신분이니 부부가 함께 휴가를 보낸다는 것이 쉽지 않았지만 휴일에는 백화점 쇼핑도 하고 영화관이나 연극무대도 찾았다. 아내를 통해 베트남의 문화와 역사 지리 등을 배우는 시간이 즐거웠다. 선생은 보석 모으기 취미가 있는 아내를 따라 보석 시장도 찾아다녔다. 위탁모 수잔의 목걸이와 팔목에 팔찌가 어떤 종류의 보석인지 얼마짜리인지 생각해 본 적이 없었다. 갱스터 시절 암시장에서는 한 덩어리 빵보다 못한 물체였다. 헬렌 할머니 댁 리조트에 온 여행자들한테서 본 적은 있지만 시선이 닿지 않았다. 보석에는 문외한이었는데 아내 덕에 베트남에는 보석 산지가 많고 보석 매장량이 상당하다는 것도 알았다.

북부와 중부에서는 루비가 남부에서는 사파이어가 다량으로 채굴되고 있었고 보석들의 종류도 많았다. 전통시장 보석전문 가게에서 사면 값이 저렴했다. 아내는 종종 '미국에 가서 보석 가게를 차리고 싶다'는 말을 했다. 아내는 혼잣말처럼 했지만 선생은 귀담아 들었다. 아내가 하고 싶어 하는 것은 다해주고 싶었다. 그럴 자신도 있었다. '그렇게 해주겠노라' 약속도 했다. 그때를 위해 틈틈이 보석 시장을 돌아다니며 보석을 보고 고르는 안목도 키웠다. 반지와 시계 목걸이도 사고 가끔은 원석도 사서 아내에게 안겼다.

전시상황에서 특수 임무를 띤 군 경찰에게 주어진 휴

가는 진정한 의미의 휴가라고 할 수 없다. 눈과 귀는 작전 호출에 매달려 있었다. 아내에게는 지금 이 순간이 남편과 보내는 마지막이 될 수도 있었지만 내색하지 않았다. 휴가 중에도 부대로 복귀하는 일이 비일비재했지만 한결같은 희망과 위로를 전하는 사랑스럽고 사려 깊은 아내를 위해 선생은 정글에서 돌아오면 하루는 아내의 가족 찾아가는 스케줄로 움직였다.

포상 휴가 받고 아내는 아직 퇴근하지 않은 오후였다. 선생은 아내가 좋아하는 해물요리를 해주고 싶었다. 백화점으로 나갔다. 해물요리에 쓸 갖은 야채에다 조개와 바닷가재 랍스터 등의 식재료를 구입해 들고 나오는데 사이공 하늘에 번쩍 불꽃이 치솟았다. 곧바로 부대에서 '화재발생 긴급 출동' 호출이 왔다. 선생은 급히 집으로 돌아와서 장바구니 채 냉장고에 밀어 넣고 현장으로 달려갔다.

목재 가옥들은 화마에 주저앉아버렸다. 사람들의 비명과 가축들의 울음소리가 뒤섞인 현장에서 간신히 불길부터 잡았다. 생존자를 찾아 안전지대로 옮겼다. 잿더미를 파헤치는데 아기 울음소리가 났다. 아기 위에 엄마가 포개져 있었다. 엄마는 미동도 하지 않는데 엄마 밑에 깔린 아기의 손이 꼼지락거렸다. 선생은 얼른 아기를 꺼내 상자에 담아 차 안으로 옮겼다. 돌배기 정도의 여자아이였다. 물과 비상용 초콜릿과 치즈를 아기에게 먹이고 군용 타월은 기저귀 대용으로 썼다. 선생은 그날 불구덩이에서 아기를 지켜낸 모성과 죽지 않고 살아낸 생명의 위대함을 가슴에 새겼다. 현장 수습 마치고 아기는 집으로 데려왔다. 아내는 아기 간호에 능숙했다. 엄마를 잃은 충격과 포탄 소리에 놀라 잠들지 못하고 울던 아기가 아내의 품에서 평온하게 잠들 때 간호사 라이 탐의 진면목을 가슴 뭉클하게 지켜보았다.

젯더미 속에서 꿈틀거리는 아기를 외면할 수 없어 데려왔는데 선생이 전쟁고아들을 거두고 있다는 소문이 군부대에 알려지고 고아들의 숫자가 늘어났다. 젖먹이 1명 3~4세 3명 유치원에 가야 할 아이 1명이 들어와 5명이 되면서 베이비시터가 필요했다. 붙박이 한 명과 시간제 두 명 고용했다. 아이들과 보모 채용으로 부부에게는 상당한 지출이 발생했지만 베트남의 싼 물가와 인건비 덕에 큰 어려움 없이 꾸려갔다. 군부대가 이를 알고 국제 적십자사에 협조를 요청했다. 국제적십자 산하 구호기관들이 전쟁고아에 대한 이해도 깊고 입양 문화가 성숙한 영국인들의 동참을 이끌어냈다. 전쟁터에서 버려진 고아들이 선생 부부의 품에서 안정을 찾은 다음 영국의 가정으로 입양 간다는 소문이 퍼졌다. 성금이 답지했다. 선생에게는 군부대의 칭찬과 개인적인 지출과는 무관하게 사랑하는 아내와 함께 하는 일이었다. 그냥 소중했다. 가슴 뿌듯한 하루하루가 흘러가면서 후원계좌 '러브머니'가 만들어졌다. 선생은 이 계좌가 반세기 넘어 오늘까지 이어지리라고는 상상도 하지 못했다.

미군이 베트남 전쟁에 개입된 1966~1968년 사이 베트남의 사이공 근처 마을에는 남베트남과 북베트남 민병대들의 대립이 잦았다. 대립은 화재로 이어졌다. 터졌다 하면 마을은 잿더미가 되고 화재진압과 민간인 구출 작전은 미군 특수부대 경찰이 맡았다. 사이공 외곽 보석 마을(보석장사로 생계 잇는 주민들이 많은 마을)에 발생한 화재도 한밤중에 일어났다. 화재진압과 민간인 구출작전 명령이 떨어졌다. 그간의 작전경험으로 북베트남군에 의한 화재라면 주민들이 몰살했을 가능성이 컸다. 작전 방향과 목적은 북베트남 군인들 현장에서 몰아내는 일과 민간인 생존자를 찾아 안전한 곳으로 이동시키는 임무였다.

선생과 수색 대원들이 현장에 도착했을 때 가옥들은 전소되었다. 생존자들은 처음부터 보이지 않았다. 불에

탄 시체들만 널브러져 있었다. 잿더미를 헤집고 다니던 북베트남군과 미군 수색팀 사이에 잠시 총격전이 벌어졌다. 북베트남군이 퇴각하면서 상황은 종료되었다. 날이 밝았다. 생존자를 수색하는 과정에서 귀금속이 튀어나왔다. 집집마다 장사를 하려고 지하실이나 케이지에 보관해 두었던 골드 사파이어 다이아몬드 등의 귀금속들이었다. 마을 사람들이 몰살당했으니 귀금속 소유의 주체가 없어진 것이었다. 선생의 판단은 이곳의 귀금속들은 모두 남베트남 민간인들의 재산이었다. 화재 현장에 그대로 남겨두고 철수한다는 것은 또 다른 약탈과 방화를 불러올 소지가 충분했다.

상부의 지시를 받아 수색대원들은 마대 자루에 보석들을 모두 쓸어 담았다. 군용트럭에 실어 남베트남 정부에 갖다 주면서 보석마을 작전은 종료되었다. 북베트남 군인들은 이 작전에 앞장섰던 선생이 보석을 훔쳐간 것으로 간주했다. 남베트남 사람들도 선생을 보석 도둑으로 몰았다. 얼마의 시간이 지나서 사실이 밝혀졌다. 선생은 군부대와 남베트남 정부로부터 포상받았다. 포상 액수가 상당했다. 양측에서 받은 포상금이 영국으로 입양 간 고아들의 대학장학금 성격의 러브머니 종잣돈이 마련되었다. 상부에서는 선생의 동선마다 북베트남의 저격수를 매복시켰다는 정보와 함께 몸조심도 당부했다. 베트남 파병 전 샌디에이고 훈련소 교관한테 들었던 저격수 한 명 희생으로 아군이 입을 손실과 적군이 얻을 이익에 대한 설명도 들었다.

1970년 전후 베트남 전쟁에 대한 세계 여론은 나빠질 대로 나빴다. 영국 런던에서 시작된 베트남전 참전 반대 시위가 프랑스로 이어졌다. 미국 내 여론도 참전 반대 목소리도 더 높아졌다. 대학생들이 베트남 참전 반대 시위에 나섰다는 소식과 베트남전 참전자들에 대한 시민들의 혐오감에 대한 기사도 쏟아져 나왔다. 이런 소식과 보도들은 베트남 전쟁에 참여했던 군인들의 사기 저하를 불러왔다. 전쟁이 끝나면 집으로 돌아가리라는 희망에서 전쟁이 끝나도 집으로 돌아가지 못할 수 있다는 절망으로 바뀌었다. 베트남의 치안 유지 명분으로 파견된 군 경찰들이라고 예외일 수는 없었다. 귀국할 수도 베트남에 머물 수도 없는 현실에 대한 갈등이 클 수밖에 없었다.

국제정세는 불안했고 요동쳤지만 참전 4년째 결혼생활 2년차 부부의 일상은 평온했다. 구호단체들과 고아들의 양부모 찾기가 진행되었다. 아내는 베이비시터 관리와 아이들의 건강 상태와 정서 안정에 남다른 신경을 썼다. 상처 많은 아이들의 장래가 부부의 손에 달려있었다. 영국에서 보내오는 서류에서 입양 가정의 특징과 생활환경 양부모에 대한 검증에 검증하느라고 시간이 많이 걸렸다. 자식처럼 돌보던 아이 3명 같은 날 영국 가정으로 떠나보내고 돌아오는 차 안에서 아내는 흐느끼며 울었다. 선생은 아내가 흘리는 눈물의 의미를 알고도 남았다.

다낭 여행지에서 아내가 자신의 출생에 얽힌 이야기를 들려주던 그날 선생도 자신의 출생에 대해 털어놓았다. 보육원 탈출과 수잔의 아동학대와 소년원 탈출 후 시카고 갱단에서 보냈던 일 헬렌 할머니와 만남 리조트에서 일과 공부 개명에 얽힌 이야기를 탐에게 들려줬다. 약속한 것은 아니지만 그날 이후 두 사람은 서로의 유년 이야기는 하지 않게 되었다. 아내는 종종 영문학자로서의 헬렌의 학식과 높은 인격 리조트 마을 풍경에 대해 물어왔다. 선생은 아내 앞에서 걸음걸이 때문에 붙여진 헬렌의 별명 '더키(ducky)~'를 언니 할머니 표정과 음성으로 구연했다. 두 할머니에 대한 선생의 그리움과 존경 사랑의 메시지가 아내에게도 잘 전달되었던 것일까. 아내에게 헬렌 할머니는 '미국에 가면 가장 먼저 만나야 할 어른이고 모시고 살아야 할 부모님'이었다.

전쟁고아들은 부부의 보살핌과 베이비시터들의 정성 어린 육아로 심신의 안정을 찾아갔다. 잘 먹고 잘 자고 또래끼리 잘 어울려 놀았다. 아이들의 적응을 지켜보면서 1년 넘게 양부모 검증에 매달렸다. 한 명씩 세 차례 영국인 가정으로 입양시켰다. 나이도 어리고 몸이 허약해서 후 순위가 되었던 두 아이의 입양도 결정이 났다. 한 명은 대학교수 가정으로 한 명은 저명한 언론인 가정으로 입양 보냈다. 부부가 원하는 대로였다. 두 아이가 영국으로 떠나던 날 군부대에서 4세 고아 1명 발생 사실을 알려 왔다. 아이의 부상이 치료되는 대로 보내겠다는 것이다. 당장 보내겠다가 아니어서 며칠간 여유가 있었다. 아내의 친정집에 다녀와서 아이가 입원한 병원으로 가보기로 하고 부부는 집을 나섰다.

아내 친정집이 있는 미토 마을은 사이공에서 70㎞쯤의 거리다. 메콩강 삼각주 관문으로 예전부터 수상가옥 전통시장으로 유명한 고장이다. 아내는 사이공 도심 벗어나면 바로 나오는 밀림지대를 달려 미토로 가는 그 길 그 시간대를 소녀처럼 좋아했다. 아내가 좋아하는 만큼 남편도 그 길과 그 시간이 즐거웠다. 선생에게 가족이 있다는 사실만으로도 행복하고 아내의 가족들과 살아가는 이야기를 주고받을 수 있다는 것이 꿈만 같았다. 얼마나 달렸을까 낯익은 미토 마을 전통시장이 눈에 들어왔다. 미토에 오면 늘 그랬던 것처럼 부부는 시장 옆 도로에다 주차했다. 처갓집 식구들에게 줄 선물도 사고 식재료며 음료수 과일 등으로 넉넉한 장보기를 했다. 쇼핑 마치고 부부가 나란히 장바구니를 들고 주차 지역으로 이동하는데 딱 소리가 났다. 소리와 동시에 아내가 그 자리에 쓰러졌다.

선생도 양 무릎에 관통상을 입고 풀썩 그 자리에 주저앉고 말았다. 고도로 훈련된 저격수 손실에 대한 교관의 날카로운 음성이 뇌리를 스쳤다. 아차! 북베트남의 저격수가 따라다니고 있다는 주의를 잠시 깜박했던 것이다. 그들의 표적은 미국의 특수부대 군 경찰 자신이었는데 민간인 아내가 죽다니 눈앞이 캄캄했다. 무릎의 고통은 미처 느낄 새가 없었다. 선생은 시장 사람들이 달려와서 군 병원으로 실어갔다. 무릎에 박힌 총알 제거 수술부터 받았다. 다음 날 오후 처남이 병원으로 찾아왔다. 마을 사람들과 공동묘지에 누나의 장례를 치르고 오는 길이라고 했다. 미국으로 돌아가서 아내와 함께 멋진 가정을 꾸리려던 선생의 꿈은 산산조각이 나고 말았다. 죽어야 할 자신은 살아남고 아내가 희생되었다는 자책이 깊을 수밖에 없었다. 동료 팀원들이 북베트남 정보기관에서 라이 탐이 미국인이라는 사실이 확인되면서 아내도 표적이 되었다고 했다. 걷지 못하니 아내 무덤에도 갈 수가 없었다. 눈 뜨는 아침이 헤어날 수 없는 정글이었다. 모르핀보다 중독성이 10배 정도 강하다는 헤로인에 의지하며 술로 버티었다. 어릴 적 위탁모 수잔이 그랬던 것처럼 선생 자신은 알콜릭과 헤로인 중독자가 되어가고 있었다. 그나마 다행이었던 것은 군에서 통보 받은 고아 1명은 받지 않은 상태이고 데리고 있던 고아들은 영국의 가정으로 입양 후 일어난 일이었다. 선생은 사이공 야전 병원에서 2개월 치료 후 캐나다에 있는 군 병원으로 이송되었다. CIA 군 경찰 일 등 저격수로서의 임무는 사실상 종료되었다.

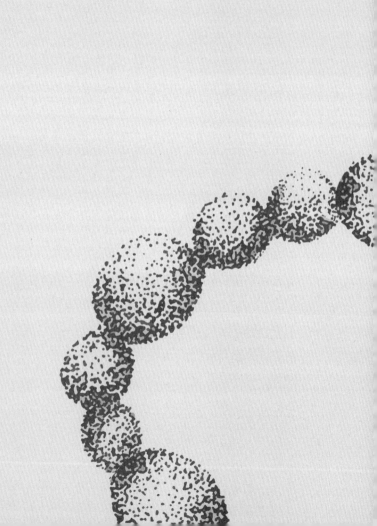

제4장

에스키모 마을로 이주

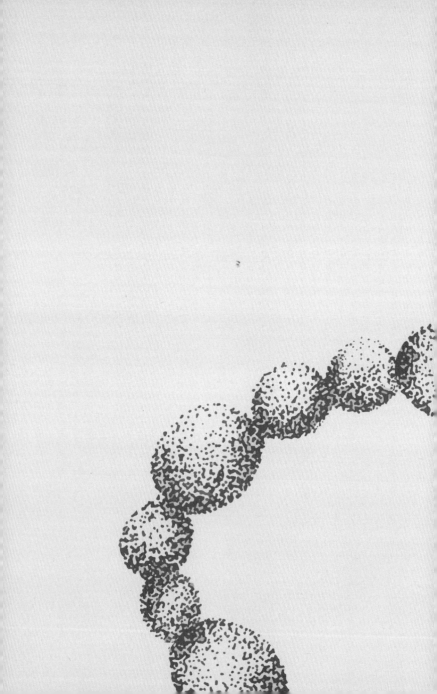

제대군인 환영식장의
베이비킬러스

선생은 병장(E-5)제대를 했다. 캐나다 병원에서 재활 치료를 1년 넘게 받고 나서 부대에서 내린 결정이었다. 퇴원은 제대 제대는 곧 귀가였다. 퇴원 후 무릎은 보행이 가능하다는 정도였지 완전한 회복이라고 하기는 아직 일 렀다. 보폭도 짧고 걸음걸이도 느렸다. 장시간 걷지도 못했다. 베트남 참전 5년 만에 미국으로 돌아왔다. 1970년 5월 L.A국제공항에는 베트남전에 참전한 제대군인 20명에 대한 귀국환영 행사가 열렸다. 미 해군 제복 차림 베트남 참전자들이 비행기 트랩을 내려오는데 중년의 여성한 명이 뛰어들었다. 내가 나고 자란 내 조국으로 돌아왔다는 안도감 느낄 새가 없었다.

"내 아들이 집에 올 수 없다면, 너희들도 집에 올 수 없단 말이야."

분노에 찬 울부짖음과 동시에 그녀의 손에서는 45구경 권총이 불을 뿜기 시작했다. 총알이 떨어지자 그녀는 재장전하더니 자신의 머리에 총구를 겨누고 방아쇠를 당겨 버렸다. 그녀는 그 자리에서 즉사했다. 제대 군인들에게는 총이 없다. 선생과 제대군인 일행들이 재빠르게 트랩 밑으로 피했으나 그날 행사장에서 베트남참전 제대군인 2명은 즉사하고 3명의 부상자가 발생했다.

"우리는 결코 싸움을 위해 싸우도록 허락되지 않았다. 우리는 생명을 구할 수 있는 유일한 무장군대다."

목이 터져라 외치고 귀에 못이 박히도록 외우던 구호였는데, 그날 제대군인들은 모두 절망했다. 고된 훈련과 생사가 엇갈리는 전선에서도 문명국의 일원임에 자부심 느끼던 선생 자신의 좌절도 깊었다. 베트남전 참전자들은 베이비 킬러스(baby killers) 괴물(monster)로 경멸의 대상이 되고 기피 인물이 된 지는 오래였다. 청년들이 길거리로 몰려나왔다. 선한 싸움하고 적의 공격으로 위험에 처한 민간인 보호라는 약속이었는데 이를 저버린 미국의 기성세대와 정치에 맞섰다. 전쟁터를 취재했던 언론인들이 종전의 필요성을 역설했다. 베트남 전쟁터 동원할 병력 모집 방편으로 실시한 정부의 징병제를 반대하는 시위대 행렬이 지나갔다. TV에서는 베트남전 참전에 반대하는 미국 내 목소리가 쏟아져 나왔다.

세계평화를 위해 제정된 미국의 징병제가 당나라의 부병제라는 조롱과 징병제는 엿 먹어라는 문구도 등장했다. 이웃 나라 캐나다로 떠나는 젊은이들에게 배신자 탈영병 겁쟁이로 몰아붙이고 베트남전에 참전했다는 이유로 참정권이 제한된다는 소문이 나돌자 참전자들의 분노는 극에 달했다. 그들은 외쳤다.

"징계를 취소하라."

베트남의 전쟁터는 미국 내 범죄자들의 소굴이라는 말도 공공연히 나돌아다녔다. 베트남전 참전자들에게는 사랑에 빠질 기회조차 없었다. 고엽제로 인해 첫 아이를 안아볼 엄두도 내지 못하고 변변한 일자리 찾기도 힘들었다. 자신의 파병 이력은 비밀에 부쳐달라는 외침이 공허해서 극단적인 선택으로 저항하는 미국의 청년들도 적지 않았다.

선생은 후일 서울 동작동 국립 현충원 베트남 참전자 사병용사 묘역에서 만난 한국군 베트남 참전자들에게서 한국의 사정이라고 크게 다르지 않았다는 것도 알았다. '나는 죽지 않고 살아서 돌아왔지만 베트남전 참전 사실 숨기고 살 수밖에 없었노라. 누구는 불구의 몸으로 누구는 외상 후 스트레스 장애(PTSD)로 시달리다가 저 세상으로 따났노라 누구누구는 고엽제 암과 합병증에 시달리다가 젊은 나이에 세상을 하직하고 누구네는 아들과 딸 모두 기형아로 태어났노라…' 베트남 참전자라는 이유로 국내에서는 일자리를 얻을 수가 없어 나라 밖으로 이민을 떠났는데 살길 찾아가다 보니 독일이고 호주고 남미 아르헨티나였다. 낯선 타국 땅에서 정착에 성공한 이들보다 실패한 이들의 숫자가 더 많았다. 마포 비축기지 '시민 평화 법정(2019. 4.)'에서는 베트남 퐁니마을 학살의 생존자 응우옌티탄과 하미마을 학살의 생존자 응우옌티탄이 원고로 대한민국을 피고로 하는 재판도 열렸다. 베트남 종전 반세기가 넘는 세월에도 '한국군에 의한 베트남전 민간인학살' 보도는 이어지고 있었다.

선생은 미네소타 미니애폴리스로 갔다. 헬렌 할머니 리조트에 발을 들여 놓는 순간, 아! 할머니가 보이지 않았다. 누가 오면 앞치마 차림으로 뛰어나오시던 언니 할머니도 없었다. 리조트외관도 예전 모습이 아니었다. 건물은 새 단장하고 정원의 조경도 5년 전과 달랐다. 돌아서려는데 변호사 메이슨이 반겼다. 메이슨은 헬렌 할머니가 리조트 사업 시작할 때부터 법률 자문해오던 변호사다. 선생의 개명 절차를 처음부터 법원 판결문 받아 호적 정리까지 맡았던 사람이어서 낯이 익었다. 할머니가 선생을 베트남에 보내지 않기 위해 메이슨에게 방안을 찾아보라 부탁한 것도 알고 있었다. 메이슨으로부터 할머니 댁에서 일어난 지난 5년 간 이야기를 들었다.

선생이 베트남으로 떠나던 이듬해 봄 헬렌 할머니는 유방암을 앓았다. 발병 초부터 항암 치료를 했지만 병세는 호전되지 않았다. 워낙 고령이어서 치료 효과는 없고 병은 나날이 더 깊어갔다. 선생이 간 곳이 전쟁터였지만 헬렌이 원해서 메이슨은 편지도 띄우고 전보도 쳤다. 끝내 연락이 닿지 않았다. 할머니는 선생이 베트남에서 죽은 줄 알았다. 메이슨은 그때 선생으로부터 답장만 왔으면 할머니가 무언가를 남겼을 것이라며 아쉬워했다. 거듭된 수술과 항암 치료에도 끝내 회복하지 못하고 헬렌은 67년 늦가을 세상을 떠났다. 향년 82세 헬렌의 뜻대로 유해는 고향마을 숲속에 뿌려졌다. 동생의 눈으로 살았던 언니 할머니도 이듬해 돌아가셨다. 메이슨은 할머니 생전에 리조트 매매에도 관여했다. 새 주인 요청으로 매매 후에도 리조트 법률 자문을 맡게 되었다.

베트남에서 수행하던 업무의 특성상 통신이 허용되지

않았다. 빨리 찾아 봬야하는데 연세가 많은데 문득 문득 혼자서 중얼거릴 때도 있었지만 연락할 방법이 없었다. 제대 후를 기약할 수밖에 없었다. 그 사이에 5년이라는 시간이 흘러버렸다. 선생의 기억 공간 어딘가에 새겨진 그 세계로 가는 문을 열어준 할머니 부재가 주는 충격은 이루 말로는 설명할 수가 없었다. 메이슨이 두 자매분이 떠난 사실을 확인해 주던 그날 선생은 넋이 반쯤 나갔다고 했다. 며칠 동안 리조트 근처에서 돌아다녔던 기억은 나는데 무얼 먹고 어디에서 잠잤는지는 지금도 생각나지 않는다고 했다.

"내가 너에게 베푼 친절은 누구에게도 말하지 마. 네가 그런 말을 하게 되면 하나님께서 화를 내신다."

헬렌 자신은 신의 종에 불과하다며 선생에게 쏟은 당신의 호의를 절대로 입 밖에 내지 못하게 했다. 선생에게 삶의 가치와 신앙의 길을 일러주던 스승의 죽음이 실감나지 않았다. 두 눈 훤히 뜨고도 제 앞가림조차 하지 못해 청맹과니나 다름없는 선생 자신의 모습이 부끄러웠다. 헬렌의 언니가 동생에게 그랬던 것처럼 손나발로 더키(Ducky) 외치면 금방이라도 I'm here(나 여기 있어) 헬렌이 손을 흔들며 발코니로 걸어 나올 것만 같았다.

헬렌의 언니도 평생 독신으로 지냈다. 언니이기 때문에 앞 못 보는 동생 지켜줘야 한다는 일념으로 동생의 눈으로 살았다. 그녀도 장신이었다. 팔순 넘은 노인이라고 믿겨지지 않을 만큼 힘이 셌다. 리조트 관리업무 행정업무 주방일까지 리조트는 사실상 그녀의 손에서 운영되었다. 선생이 리조트 일을 거들면서 그녀의 업무량이 다소 줄어들기는 했지만 일이 몸에 배인 분이라서 잠시도 쉬지 않았다. 두 분 모두 자식이 없어서인지 선생이 곧 자식이었다. 바쁜 와중에도 선생의 끼니와 빨래, 방 청소… 극히 소소한 일상사를 보살폈다. 언니 할머니는 분신과도 같은 동생이 저 세상으로 떠나면서 생기를 잃고 몸져누워 10개월 남짓 버티다가 헬렌의 뒤를 따라갔다.

선생의 삶에 큰 기둥 하나가 뿌리째 뽑혀 나가버린 느낌이었다. 베트남으로 떠나기 전날 선생의 안전을 위해 하나님께 매달리던 두 분 모습이 마지막이 되었다는 사실에 주체할 수 없는 눈물이 쏟아졌다. 2년 반 리조트에서 함께 보냈던 시간을 돌아보면 눈물이 멈추지 않았다. 그날의 충격은 베트남 참전 후유증 못지않게 컸다. 몸도 마음도 가누기 어려울 만치 무거웠다. 헬렌 없는 미니애폴리스에 머물러야 할 이유가 없었다. 할머님 당부대로 뉴펀들랜드에 가서 공부하는 길밖에 없었다.

선생은 알코올 중독자 위탁모 수장으로 인해 술의 위험성은 진즉 알았기 때문에 길거리 생활하면서도 술은 배우지 않았다. 베트남에서 술을 배웠다. 전쟁터라는 특수한 환경과 특정 집단에 받아들여져서 겪게 되는 긴장감이 알코올로 인해 완화되는 경험 후 음주가 늘었다. 주량은 1일 위스키 3병 정도였다. 군부대 PX(post exchange)에서는 술은 무제한으로 살 수 있지만 근무 중에 마시다가 발각되면 바로 군법회의에 부쳐진다. 군법회의에 부쳐진다는 것은 불명예제대를 의미한다. 미국 사회에서 불명예제대는 범죄자로 분류되기 때문에 휴일 이외에 음주는 엄두를 내지 못한다.

알코올은 시시각각으로 마주치는 사체들과 죽음의 냄새를 없애주는 힘이 있었다. 술이 들어가면 전투 현장에서 느끼는 공포감이나 두려움이 감소되고 생명 부지 팀원들과도 친밀해진다. 베트남에서 하던 일과 몸은 제대했지만 그곳에서 배운 음주는 제대하지 못했다. 선생이 폭음과 술 중독에 더 깊숙하게 빠져들었던 것은 충분한 돈이 있었다. 연일 연거푸 술 마시다가 몇 번인가 기절도 했다. 혼수상태에서 깨어났는데 아무것도 생각나지 않았다. 라이 탐과 결혼하면서 주량은 많이 줄었지만 뜻하지 않게 맞닥뜨린 아내 죽음으로 술과 자신은 아무짝에도 쓸데없는 친구가 되고 말았다.

펜타곤 페이퍼 충격

정상적인 가정에서 나고 자라 학교 다니다가 군 복무 마친 남자의 스물넷이라는 나이는 경제적인 독립이 가능한 연령이다. 선생은 태생부터 고아였으니 독립은 새삼스러울 것이 없었다. 일가친척도 없었다. 초등학교 4학년 다니다 말았으니 학교 선후배 고향 친구 없다. 세상에 의지할 수 있는 유일한 분 헬렌 할머니마저 저 세상으로 떠나버린 상황이었으니 자신의 미래에 대해 의논해 볼 대상이 없었다. 1년 가까이 병원 신세를 지는 바람에 헤로인과도 멀어진 것은 맞지만 몸 속 깊은 곳 어디엔가 병세가 느껴지는 일상이었다. 재활 치료에도 무릎은 접고 펴는데도 불편하고 빠른 걸음이나 언덕 오르내리기는 마음도 먹지 못했다.

1971년 6월 13일 선생은 숙소에서 〈뉴욕타임스〉의 '펜타곤 페이퍼로 본 미국의 군사개입 확대 과정 30년'이라는 제목의 기사를 읽었다. 베트남 전쟁에서 미국의 개입이 잘못되었다고 인정하는 미국 정부의 공식적인 발표는 없었지만, 베트남전 참전자들 사이에는 알려진 내용이었다. 참전군인 개개인 명예와 직결되는 문제여서 함부로 입 밖에 낼 수도 없었다. 그렇지만 세계평화를 위한 파병과 전쟁국가의 혼란한 치안유지라는 파병 목적에 어긋나는 민간인 살상이 이루어졌다는 것은 부인할 수가 없었다. 길에 나가면 거리 곳곳에서 베트남전 반전 시위대와 마주쳤다.

미국이 베트남 전쟁에 정치·군사적 개입한 내용이 담긴 기밀문서가 세상에 알려졌으니 파장이 클 수밖에 없었다. 신문에는 미국의 베트남전 참전을 규탄하는 기사가 쏟아져 나왔다. 베트남전 파병은 미국 내 죄수들의 신분세탁이 조건이라는 소문도 들렸다. 베트남전 참전 제대군인들에게 쏟아지는 세상 사람들의 시선은 싸늘했다. 취직도 불가능했다. 선생의 신분이 드러나는 것은 시간문제였다. 문서 작성자가 베트남 전쟁의 진실을 알리기 위해서라는 공개 이유까지 밝혔다. 7,000쪽 분량의 문서에 장교들과 민간 정책 전문가와 역사학자들까지 참여했다고 했으니 미국 사회가 요동쳤다.

국내외 언론들이 앞다투어 보도 경쟁에 뛰어들었다. 평소에는 연재물이 나가던 지면에 펜타곤 페이퍼를 실었다. 미국이 남베트남 정부를 지원한 내용 미국이 라오스 폭격한 내용 정치적으로 민감한 내용이 많았는데 통킹 만 사건이 가장 크게 부각되어 버렸다. 북베트남이 미국의 구축함 매독스호를 공격한 증거가 없다는 둥, 미국이 인도차이나반도의 확전을 노리는 군수업체와 반공주의자들과 기획해서 벌인 침략전쟁이라는 둥 여러 분석이 뒷받침되면서 북베트남의 도발이 베트남 전쟁의 발단이라고 믿고 있던 미국의 시민 사회는 경악했다.

행정부도 가만히 있지 않았다. 국가기밀 누설 혐의로 뉴욕 타임즈와 워싱턴 포스트 두 신문사를 법원에다 제소했다. 1심 법원은 정부 편을 들었다. 신문사에는 보도 정지 판결을 내렸다. 상급 법원인 연방대법원은 언론의 자유를 옹호하는 취지의 판결로 신문사 손을 들어주었다. 이 판결 내용이 세계로 타전이 되면서 베트남 참전 반전 운동은 더욱더 거세졌다. 1973년 1월 27일 미국과 남베트남 북베트남 남베트남 임시혁명정부 사이에 파리협정이라는 성과물이 나타났다. 두 달 후에는 미군의 마지막 전투부대가 베트남에서 철수했다.

미국 정부를 믿고 베트남 전쟁터에서 전투에 직접 참전했던 청년들은 맨 정신으로 세상을 살아갈 수가 없었다. 선생 역시 알코올의 힘으로 근근이 하루를 버티는 처지였다. 프랑스계 아내의 마지막 모습이 떠올랐다. 메콩강 델타 너머로 사라지던 보트와 동료들의 모습이 눈앞에 어른거렸다. 타이거 케이지에서 자신이 당했던 인권유린과 탈출 기회를 만들어주고 숲속으로 도망치던 승려의 뒷모습도 생생하게 떠올랐다. 저격수 자신의 손에서 죽어간 150여 명 북베트남 군인들을 생각하면 자살 충동이 왔다. 몇번인가 시도도 했다. 생각해보면 베트남 사람들이 미국의 본토를 침략한 것은 아니었다. 미군이 중무장하고 베트남에 들어갔던 것이다. 세계평화와 자유민주주의라는 구호를 분석 없이 그대로 받아들였던 자신의 어리석음을 탓하지 않을 수가 없었다.

미군의 파병 목적이 베트남의 치안 유지였는데 치안 유지보다 작전에 몰두하지 않았던가. 작전 중에 포로가 되어 호랑이 우리에 갇힌 적도 있지 않던가. 꽃다운 청년들이 2분에 1명씩 베트남 전쟁터에서 죽어 나갔다. 간신히 목숨 붙어서 총상을 입고 돌아왔을 때 사람들은 침 뱉으며 경멸했다. 바닥 민심마저 살인자로 괴물이라고 하니 전쟁에 참여했던 청년들은 더 이상 미합중국의 아들이 아니라는 의미였다. 선생은 짐이라고 할 것도 없지만 짐을 꾸렸다. 주머니에 명예 제대증 집어넣고 캐나다로 향했다.

시국이 아무리 시끄럽고 자신에게 불리한 상황이었다고 하더라도 헬렌 할머니가 살아 계셨더라면 선생은 그리 쉽게 캐나다 이주를 결정하지 못했을 것이다. 최소한 무릎이 완치되고 난 다음이었을 것이다. 할머니 없는 미국 땅에서 살아갈 용기가 나지 않았다. 참전자들에게 쏟아지는 멸시와 냉대를 혼자서는 극복할 자신도 없었다. 머물 집이 있는 것도 아니었다. 학교로의 복학도 아니고 먹고 사는 일이라면 어디에서 시작해도 크게 달라질 게 없었다. 샌디에이고 훈련소로 떠나기 전날 할머니 당부가 생각났다. 베트남에서 돌아오면 캐나다 뉴펀들랜드에 있는 메모리얼대학교에 입학할 준비를 하라고 하셨다.

"돌아와서 그렇게 하겠습니다."

할머니께 약속도 하고 선생 스스로 수없이 그렇게 하겠다는 다짐도 했다.

그때까지 선생에게 캐나다는 나라 밖 낯선 타국이었다. 뉴펀들랜드에 가본 적이 없었다. 캐나다의 매우 큰 섬이라는 것 정도 밖에는 알지 못했다. 도망자 시절 샌프란시스코에서 수렵인종 이누이트족과 크리족 어부들 따라다니며 낚시 배우고 물고기 요리 얻어먹었던 기억은 나

지만 그들과 뉴펀들랜드 세인트존스 메모리얼대학교와는
연결 짓지 못했다.

헬렌 할머니가 메모리얼대학교를 언급하실 때마다 중
요한 말씀이고 기억해야 할 지침이라는 것은 알았다. 하지
만 듣는 자신이 알파벳 읽고 쓰기에도 능숙하지 못했으니
공립 대학교의 교직 이수가 가슴에 와 닿을 리가 없었다.

"Yes, yes."

할머니 곁에만 있으면 대학교를 가게 된다는 희망이
들끓어서 넙죽넙죽 대답만 했을 뿐이었다. 진펄에 개구리
뛰듯 날뛰고 살아왔으니 그 이상은 대답할 수도 없었다.
할머니도 그 이상은 기대하시지도 않았다. 그저 도망가지
않고 당신께서 '시키는 대로 고분고분 리조트 일 거들고
붙어있는 것만으로도 기특하다'며 칭찬 일색이었다.

뉴펀들랜드 메모리얼대학교는 뉴펀들랜드주 세인트존
스시에 있다. 그 지역에서 나고 자라 1차 세계대전에 참
전했다가 희생된 전사자들을 추모하자는 뜻이 모이고 지
역민들에게는 고등교육이라는 목표로 설립되고 개교했
다. 1933년에는 인근 사범학교와 합병하면서 교사양성에
온 힘을 기울였다. 대학 졸업하면 교사자격증이 나온다.
항공편 외 대중교통 이용이 어려운 형편이지만, 북대서양

어장과 인접한 해양 대학교의 특성상 국제화 세계화 대학으로 성장하게 될 것이고 그때가 되면 교통도 해결이 될 것이라던 말씀도 생각이 났다.

헬렌 할머니가 말씀하신 삶의 길과 학문의 길에 대한 중요성과 방향은 뚜렷해지는데 신에 대한 믿음은 전혀 생기지 않았다. 그의 신앙은 기독교 국가 미국인 보통 시민이 느끼는 정도에도 이르지 못했다. 학문하고 싶은 것은 사실이지만 신학하고 싶은 마음도 없었다. 선생은 그때를 '우주 질서에 대한 관심조차 없던 때'로 표현했다. 어느 한곳에 정착해서 먹고 사는 일에 열중하고 공부하다 보면 새로운 길이 있을 것이었다.

캐나다는 베트남 참전군인들에 대한 시선이 미국 사회처럼 따갑지 않았다. 선생에게는 군대에서 받은 퇴직금과 쌓인 급여가 있으니 먹고 사는 데 어려움은 없었다. 길거리 생활이 아닌데도 마음은 좌충우돌했다. 세인트존스시 외곽 해안가 에스키모 마을에 숙소 렌트하고 자동차를 구입했다. 메모리얼대학교와는 다소 거리가 있었지만 자동차가 있으니 다닐 만했다.

선생에게는 처음 가본 낯선 고장이다. 바닷가 언덕 아래 아메리카 원주민 마을 사람들은 낚시에 의존해서 살았다. 이 지역에 들어온 기독교와 로마가톨릭교회의 선교 사역은 사실상 원주민 구호에 가까웠다. 교회들의 구호활동이 지역주민들 속으로 들어오면서 외지인에 대한 편견은 없었다. 선생의 처지도 선교사들의 구호 사역 대상에서 벗어나지 않았다. 정착은 생각처럼 쉽지 않았다. 일상과 공부에 대한 선생의 결심이 확고하다고 당장 무슨 길이 나타나는 것도 아니었다. 말로 설명되지 않는 불안이 찾아 들었다. 낯선 곳에 정착하려면 누군가 만나야 할 것 같아서 이곳저곳 돌아다녔다. 문이 열려 있어서 안으로 쑥 들어갔더니 교회였다. 저녁 예배 시간이었다.

목사의 설교가 막 시작된 듯했다. 신자들도 몇 명 되지 않았다. 미니애폴리스 주인 없는 농가에서 잠시 머물 때 밤늦은 시간에 교회에 들어가서 주보 훔쳐서 들고 나온 적도 있었다. 하지만 교회라는 장소 그것도 예배 시간에 스스로 걸어 들어간 것은 난생처음이었다. 헬렌 할머니 리조트에 살 때는 특별히 교회라는 곳에 나간 적이 없다. 할머니 두 분에게는 집이 교회였다. 기도하는 장소였다. 두 할머니가 기도하는 시간에는 리조트 사무실에 있거나 건물에 손볼 곳이 있나 없나 점검하며 돌아다녔다. 헬렌 할머니는 그런 선생을 당연하게 여기셨다.

그날 저녁 설교하는 목사는 나이가 지긋했다. 인디언 보호 지역의 실정과 지역 정서 교회 사람들이 해야 할 일에 대해 설교를 하는 것 같았다. 앞부분은 듣지 못했고, 성서에 대한 지식이 없어서 깊은 내용은 알 수 없지만 '가난은 나라도 구제하지 못한다'는 한국의 속담 닮은 내용이었다. 가난과 질병에 대해 누군가의 견해를 인용한 것 같았다. 가난하고 병든 사람들도 스스로 책임져야 하고 교회가 책임질 수는 없다는 것이다. 버려진 아기와 부모도 하나님의 뜻을 저버리고 저지른 나쁜 행동이기 때문에 교회가 책임질 필요가 없다는 것이다. 다문화 결혼은 자식 잃어버리는 행위라는 내용도 있었다. 목사의 설교를 듣는 순간 잘못 찾아왔다는 생각이 들었다. 선생은 뒤돌아보지도 않고 그곳을 뛰쳐나왔다. 연륜과 경륜 갖춘 목사의 설교조차 의심하던 시절이었다.

에스키모 마을에서
러브머니 재개

그날의 충격으로 선생은 교회를 찾지 않았다. 대학에 갈 준비를 했다. 입학 관련 전형 자료가 필요해서 메모리 얼대학교를 방문했다. 행정실에 가서 입학에 관련된 문의도 하고 필요 자료도 챙겼다. 캠퍼스 이곳저곳 돌아다니며 구경도 했다. 대학 본관과 도서관에도 가보고 휴게실에서 잠시 차도 한잔 마셨다. 신학기가 시작되려면 아직 한 학기 더 기다려야 했다. 해안가 동네를 돌아다니며 길도 익히고 바닷가 산책이나 독서로 시간을 보냈다. 언덕 아랫마을에서 할아버지 한 분을 만났는데 복음주의 연합교회에 다닌다고 했다. 할아버지 이야기를 듣다가 보니 목사의 설교를 듣다 말고 나와 버린 바로 그 교회였다. 할아버지는 영국에서 온 전직 심리학자였다. 은퇴 후 에스키모 마을로 들어와서 봉사의 삶을 사는 그의 이름은 헨리 나이는 80세였다. 헨리한테서 영국인 목사 스키가 새로 부임해 왔다는 소식도 들었다. 헨리 할아버지는 선생의 에스키모 마을 빠른 정착을 위해 지역 주민들과 만남도 주선하고 의복이며 연료 식료품도 자주 챙겨주셨다.

친모는 본 적이 없으니 상을 그릴 수가 없었다. 의사가 유전자 정보를 들고 와서, '이 여자가 당신의 생모요' 눈앞에 들이민다면 모를까. 눈이 큰지 작은지 얼굴이 평범한지 빼어난 미모인지 도저히 그려지지 않았다. 한때는 브래디 번치 시트콤에서 주인공 여배우와 생모가 닮았을 거라고 추측했던 적도 있다. 헬렌 할머니 모습에 생모를 클로즈 업 시켜 보기도 했지만 상이 잡히지 않았다. 자신과 닮은 엄마를 상상하다 보면 수잔이 지난밤 숙취에서 벗어나지 못한 모습으로 거실에서 나무 주걱 들고 다가왔다. 벌겋게 충혈된 눈과 과체중에 화장기 하나 없이 퉁퉁 부은 얼굴에 헝클어진 머리카락은 마른 나뭇잎처럼 푸석거렸다.

스키 목사가 부임하면서 '복음주의 연합교회'에 대한 주민들의 평판이 좋았다. 어느 날은 스키가 선생의 거처로 찾아왔다. 전임 목사의 설교에 실망해서 선생이 돌아선 것을 아는 헨리 할아버지가 두 사람 사이에 만남이라는 다리를 놓았다. 스키 목사는 사도 바울이 주장하는 인간의 속죄와 부활 성령의 능력을 중시하는 복음주의에 충실했다.

바울 서간에 대한 스키의 남다른 이해와 해석 위에 신학자로 살아온 경험이 녹아있는 설교는 선생을 감동시켰다. 스키는 인디언 보호구역의 자연 환경을 신이 주신 축복으로 설명했다. 원주민 마을에 만연한 질병에 대한 우려와 버려진 고아들과 가난한 자 병든 자 돌봄은 스키 자신에게는 피할 수 없는 사역이며, 크리스천적인 삶의 실천이라고 했다.

영국의 대도시에서 잘 나가는 교회 놔두고 스키가 이곳을 선택한 이유는 인디언 마을의 유기아동들 때문이라고 했다. 인디언 원주민 마을 유기아동 중심으로 스키와 의견을 주고받다가 선생 자신의 이야기를 한 적이 있었다. 스키가 그걸 귀담아 들었던 것인지 유기아동에 대한 스키 자신의 철학이었는지는 모른다. 선생이 정식으로 복음주의 연합 교회에 나가던 날 스키 목사의 설교 주제는 '우리 마을에 버려지는 아이들'이었다. 스키는 연 단위 유기아동 숫자와 원인 교회가 해야 할 일에 대해 조곤조곤 설명을 이어나갔다. 젊은 목사의 설교에 감동하지 않는 사람이 없었다. 선생의 눈에서 뜨거운 눈물이 쏟아졌다. 어깨를 들썩이며 흐느끼는 그의 모습에 목사 스키도 당황했던 모양이다. 설교를 하다말고 강단에서 내려왔다. 스키가 선생의 어깨에다 손을 얹었다.

"당신의 어머니는 안전합니다. 지금 이 순간에도 당신을 사랑하십니다."

스키 목사의 말과 기도를 선생은 충분하게 이해하지 못했다. 목사로서 하는 의례적인 기도 행위인 줄 알았다. 그런데 선생의 눈앞에 미소를 짓는 엄마가 서 있었다. 그녀는 아주 젊었다. 아름다운 갈색머리와 파란 눈의 소유자 자신의 모습과 너무나도 흡사했다.

"평생 누구도 해치지 않겠습니다."

자신도 모르게 무릎 꿇었다. 가슴 속 깊은 곳에서 밀고 올라오는 기도를 했다. 그의 나이 스물일곱 살 때 일이다.

선생은 아직 술의 유혹에서 벗어나지 못했다. 폭음이라고까지는 할 수 없지만 제법 많이 오래 술을 마셨다. 에스키모 마을에 들어와서부터는 조용한 술집에서 혼자 즐겼다. 우선 함께 술잔 주고받을 만한 친구가 없었다. 굳이 술친구를 만들려고 애를 쓰지도 않았다. 누가 옆자리에 앉으면 앉았나 보다 했다. 그날도 늘 하던 대로 혼자서 술잔을 기울이는데 키다리 청년 한 명이 합석해도 좋으냐고 물어왔다. 붙임성 좋은 친구라고 생각했다. 그날의 술친구가 진실한 친구 서로를 이해하는 절친으로 발전했다. 나이도 비슷한 그의 이름은 제럴드였다.

남자 세계에서 친구의 역할과 비중이 얼마나 큰지 잘 알았다. 그럼에도 선생에게는 친구를 만들 기회가 없었다. 친구 사귀고 우정을 쌓아야 할 청소년기를 도망자로 보냈다. 도망자 신세 겨우 면하게 되었는데 전쟁터로 갔다. 그곳에서 5년 시시각각으로 다가오는 죽음과 공포의 광기를 달래려고 오렌지 에이전트를 마셨다. 선생의 처지가 이런데 무슨 정신으로 친구네 우정이니 할 수 있었겠는가.

제럴드는 세인트존스 병원의 정신과 병동에서 정신질환자를 돌보는 남성 간호사였다. 제럴드는 기초 학력 부족으로 겪는 선생의 고충을 이해하고 도움이 될 만한 사람들과 만남도 주선했다. 선생이 뉴펀들랜드 정착 초기에 만난 이들 대부분이 제럴드 주선으로 알게 된 사람들이라고 할 수 있다. 서울에서 선생의 생일파티를 주관한 폴 역시 제럴드가 소개한 사람이다. 그때 인연이 지금까지 이어져왔다.

뉴펀들랜드에는 아일랜드인이 많다. 원주민들은 아일랜드 사람들을 아이리시로 불렀다. 아이리시들의 이주는 1800년대 초 영국이 뉴펀들랜드 수역에 풍부한 대구와 연어잡이에서 시작되었다. 영국에서 출발한 배들은 항해에 필요한 물품을 공급받기 위해 아일랜드에 잠시 들르게 되는데 영국인들은 헐값에 노예와 죄수를 사서 어선에 태웠다. 식민지 시대 노예와 죄수는 사람이 아닌 값싼 노동력이었다. 고기잡이에 동원된 노예들과 죄수들은 고향으로 돌아갈 수도 없고 돌아갈 곳도 없었다. 눈앞에는 대서양의 푸른 파도가 이들을 노려보고 등 뒤에서는 지배자들의 채찍이 기다렸다. 돌아가면 또다시 노예가 되어 이곳으로 오게 되는 숙명과 마주했다.

망망대해 파도와 싸우는 항해 끝에 육지가 보이면 노예들과 죄수들은 바다에 뛰어들었다. 노예나 죄수의 삶이 아닌 인간의 길을 택해 거친 파도를 헤쳐나갔다. 그렇게 목숨 걸고 무인도로 도망친 사람들은 대부분 굶주림과 질병으로 죽었다. 구사일생으로 살아남은 사람들 몇 중에 한 분이 제럴드의 조상이었다. 뉴펀들랜드 북쪽 땅 끝 마을 〈란세오메도스〉에 11세기 유럽 바이킹들의 취락지가 있다는 말도 제럴드한테 처음 들었다. 바이킹들이 아이슬란드로 가다가 폭풍우를 만났다. 항로를 이탈하면서 란세오메도스로 오게 된 경로를 제럴드는 종이에다 연필로 그려가며 설명했다. 유적지 발굴 사업이 추진되다가 한때 중단이 되었는데 발굴 사업이 다시 재개되면 바이킹들의 삶의 터전에 가보자는 약속이 선생과 제럴드 사이에 있었다.

"너의 아버지도 아이리시일 수 있어."

흉허물없이 지내는 친구 제럴드가 그렇게 말하는 근거는 선생의 흰 피부와 갈색 머리카락인데 헬렌 할머니한테서도 비슷한 말을 들은 적이 있다. 선생의 혈관에 아일랜드인의 피가 흐르고 있을지도 모른다는 생각 안 해본 건 아니다. 하지만 생부와 생모가 나타나지 않는데 그걸 밝혀낼 재간은 없었다. 이제와서 그걸 밝혀서 또 무얼 하겠는가 싶어서 그냥 흘려서 듣고 말았다.

세인트존스시 에스키모 거주 지역에는 베트남전에 참전했다는 이유로 국가로부터 받는 홀대와 사회가 던지는 냉대를 피해 캐나다로 떠나온 젊은이들이 많았다. 복음주의 연합교회는 그들이 울분을 토로하며 다스리는 장소였다. 팔이나 다리에 입은 총상으로 불구가 된 이들과 고엽제 환자들이 모여들었다. 스키 목사는 이들의 하소연과 분노를 들어주고 어루만져주는 큰형 같은 존재였다. 베트남 참전자들은 쉽게 친구가 되었다. 동병상련의 경험으로 의기투합했다. 잠깐 사이에 스무 명이 뭉쳤다. 정기 모임으로 발전했다. 누가 먼저라고 할 것도 없이 1인당 고아 한 명씩 후원하는 조직이 꾸려졌다.

선생은 베트남에서 전쟁고아들을 영국 가정으로 입양시킨 경험이 있었다. 그때 고아들을 선선히 받아준 영국인 양부모들과의 교류도 이어져왔다. 머릿속에만 머물던 입양 아동 후원 계획이 구체화되기 시작했다. 고아 후원 사업에 고엽제 피해로 불구의 몸이 된 장애인과 스키 목사가 동참했다. 베트남에서 보석마을 사건으로 받은 포상금도 있었다. 입양사업의 종잣돈으로 쓰려고 관리해 왔다. 이자까지 붙어 액수도 많이 불었다.

아메리카 원주민 마을에는 길거리에 떠도는 아이들이 먹을 것을 찾아 교회로 오는 일이 빈번했다. 스키 목사가 고아들 수용에 적극 나섰다. 고엽제 회원들이 돌아가며 아이들의 임시보호자가 되어 먹이고 입히는 일을 맡았다. 고아가 접수되면 선생은 인디언 마을 이주민 대장에 고아 발생 신고부터 하고 아이들의 건강과 정서를 살피고 영국의 가정으로 보내는 입양 절차를 밟는 일에 집중했다. 영국인들은 입양에 대한 편견이 없다는 것, 가정 형편 때문에 공부를 할 수 없는 청소년들에게 배움의 기회를 주는 국가라는 것을 베트남에서 직접 경험했다.

베트남에서 아내와 함께 하던 일이었다. 뜻하지 않게 중단이 된 러브머니가 이곳 인디언 마을에서 다시 펼칠 기회가 온 것이다. 연합교회 안팎으로 입양아 후원 사업에 대한 소문이 퍼져나갔다. 영국으로 입양 간 베트남의 아이들이 건강하게 성장하고 있다는 소식이 알려지면서 후원 사업은 탄력을 받기 시작했다. 캐나다의 동쪽 끝 아메리카 인디언 거주지는 어족자원이 풍부해지면 마을 주민들의 수가 늘어난다. 어족자원이 고갈되어 많은 사람이 빠져나가버릴 때는 유기아동 발생 빈도가 매우 높다. 러브머니 후원 사업은 이런 지역 환경이 오히려 호조건이 되었다. 선생은 영국 가정으로의 입양을 최우선으로 하되 입양에 머물지 않고 그 아이들이 대학에 들어갈 때까지 후원을 해주는 장학 사업으로 키우고 싶었다. 후원 기간이 긴 만큼 소요되는 장학금의 액수가 만만치 않았다. 상당한 재원이 확보되지 않으면 시작도 어렵고 지속적인 유지도 쉽지 않다는 것도 잘 알고 있었다. 어려운 일 힘드는 일이 자신이 할 일이라고 생각했다.

선생은 제대 이후 줄곧 두 정부에서 받은 포상금의 사용처를 고민했다. 자신을 위해 쓰고 싶은 마음은 눈곱만치도 없었다. 세인트존스시로 들어올 때부터 이 사업을 어디에 어떻게 펼쳐야 할지 방법을 찾고 있었는데 원주민 마을 특성이 그 일을 펼치도록 부추겼다. 아동 후원은 범죄의 늪에서 헤어나지 못하는 자신을 구해주고 없던 족보까지 만들어준 헬렌 할머님의 은혜를 갚는 일 비명에 죽어간 아내 라이 탐에게 속죄하는 의미도 있었다. 선생의 개인 계좌에 두었던 포상금 전액을 '러브머니' 계좌로 변경 이체시켰다.

입양 간 아이들이 대학에 들어갈 때 학비와 물가상승까지 감안했을 때 거액의 자금이 필요할 것 같았다. 감당하기 어려운 상황이 닥칠 경우에는 회원들과 그때 형편에 따라 해결하기로 했다. 액수가 커지면서 공정하고 투명한 관리를 위한 논의도 시작되었다. 개인의 인출은 불가능하게 하고 싶었다. 대학에서 아이들의 입학금과 등록금 요청 왔을 경우에만 인출되는 계좌 개설이 절실하게 필요할 때 미국 뉴욕 은행으로부터 조금만 기다리면 그런 계좌가 만들어질 거라는 메시지를 받았다.

전쟁 트라우마와
암 투병

하루는 인디언 원주민 마을 해안가 산책을 하고 싶었다. 집에서 나와 보행자 도로를 걸어가는데 그의 몸은 베트남의 시간과 공간 속에 있었다. 타이거 케이지에 갇혔다. 눈 깜짝할 새 팀원들이 메콩 델타 너머로 떠내려갔다. 머리 위로는 불꽃이 쏟아져 내렸다. 마치 영화관의 화면처럼 후진과 전진을 거듭했다. 수면 부족인 줄 알았다. 산책을 포기하고 집으로 돌아왔다. 밤이 되어 열감이 느껴져서 해열제를 사려고 약국을 찾아 걸어 가는데 그 현상이 나타났다.

선생은 이 현상을 '워킹 무비(Walking movie)'로 불렀다. 밝은 불빛 아래서도 나타났다. 어떤 냄새를 맡게 되거나 안개나 연기를 보게 될 때도 나타났다. 어린아이의 울음소리를 듣게 되면 머리 위로 총알이 지나가는 소리가 났다. 총성이 들릴 때는 고막이 찢어지는 느낌이 나서 자신도 모르게 귀를 막고 그 자리에 주저앉아버렸다. 몸은 뒤로 밀려나면서도 발은 베트남으로 돌아가는 이 현상이 너무나 사실적이어서 밀어낼 수도 떨구어 낼 수도 없었다. 그렇다고 마냥 지속이 되는 것은 아니었다. 길거리에서의 발걸음이 목적했던 공간으로 들어가게 되면 흔적 없이 사라졌다.

그런 와중에도 학문의 중요성과 교사자격증의 필요성은 어느 때보다 크게 느껴지고 의미도 크게 다가왔다. 헬렌 할머니가 말씀하시던 교사자격증도 열심히 공부했을 때 얻어지는 것이지 공부하지 않고 얻는다는 것은 불가능했다. 캐나다 문학과 시 복수전공이라는 목표를 세우고 메모리얼대학교에 입학했다. 몸 상태로 봐서는 대학 공부가 시기상조일지 모른다는 생각도 들었지만 베트남에서 공부의 끈 놓지 않으려고 틈틈이 이어갔던 독서경험이 있었다. 아프다는 이유로 그 경험이 녹슬도록 놔둬서는 안될 거 같았다. 부딪혀 보고 정 어려우면 휴학하면 될 것이었다.

'워킹 무비' 현상 때문에 우왕좌왕 1학기는 정신없었다. 2학기 개강 후 교정에서 E 교수를 만났다. 그는 영문학 교수 이전에 캐나다 사회에 상당히 알려진 정신의 학자였다. 어부의 아들로 태어나 선상에서 자란 그의 삶도 녹녹지 않았다. 선생처럼 열여섯 살 때까지 학교를 다니지 못했는데도 학업에 대한 열정이 탁월해서 학문적인 성취가 많았다. 그에게는 제2차 세계대전에 참전한 군인들의 심리상담 전문가로서 정신의학분야 임상 경험까지 풍부했다. 교수와 제자 사이였지만 두 사람 사이에는 만학이라는 공감대가 형성되었다. E 교수는 선생이 겪는 워킹 무비 증세를 '베트남 참전군인의 외상 후 스트레스(PTSD)장애' 증상으로 진단하고 치료에 팔을 걷어붙였다.

　E 교수는 선생이 앓는 모든 질환의 가장 큰 원인은 베트남참전에 대한 죄의식이라고 했다. 군 경찰로 파견이 되었으면 전쟁으로 고통 겪는 베트남 사람들의 안녕을 지켜주는 게 옳은 일인데 그게 아니었다. 선생 개인의 잘못도 아니면서 쉽게 털어내지 못하고 고통스럽게 받아들였다. 사실 그랬다. 선생은 북베트남 군인들을 저격한 사실에 대해 내 뜻이 아니다. 국가의 명령이었다. 자신의 손에 죽은 사람들 찾아가서 용서라도 빌고 싶었지만 그들은 이 세상 사람이 아니니 속죄할 방법이 없었다. E 교수는 선생이 타이거 게이지에서 겪은 고문과 학대 작전 도중에 보트 폭발과 팀원들의 산화 아내의 억울한 죽음

거슬러 올라간다면 어릴 적 아동학대 경험까지 어느 것도 해소되지 않았는데 여러 상처가 중첩되면서 나타난 외상 후 증후군이라고 설명해줬다.

선생은 매주 한 차례 심리치료를 받으면서 주로 학교 도서관에서 공부했다. 친구도 사귀고 이웃들과 교류하고 아동후원도 그대로 하면서 대학생활은 알차고 성실하게 보냈다. 대학 4학년이 되었다. 집근처 교회 신축 공사장에서 아르바이트생 구인 광고가 나붙었다. 학기 중에는 공부에 열중하느라고 마음도 먹지 못하다가 여름방학 한 달간 아르바이트를 했다. 건축에 대한 호기심과 지역 공동체 봉사 의미도 있었지만 건축 공사장 일은 보수가 높았다. 새 학기 등록금과 책값 벌기에 좋은 일자리였다.

무거운 물건을 등에 지고 나르는 일이어서 육체적으로는 힘들지만 노동 현장에서 만난 사람들의 살아가는 이야기를 듣는 즐거움이 컸다. 한 달 아르바이트를 마치고 집으로 가려고 운전대를 잡았는데 몸이 이상했다. 근육을 많이 쓰는 일이니까 그렇겠지 애써 무시했다. 집에 와서 샤워하는데 오른쪽 고환이 부어오르고 통증이 심했다.

밤에는 잠을 못 잘 정도로 아팠다. 이튿날 아침에 일어나 몸을 조금씩 움직이니까 붓기가 가라앉고 통증도 사라져서 마음을 놓았다. 하지만 다시 밤이 되자 고환이 전날보다 더 붓고 통증도 훨씬 더 심했다. 제럴드에게 상황을 알렸더니 뛰어왔다. 제럴드는 자신의 간호 경험으로 고엽제 피해를 의심하고 선생을 세인트존스시 육군병원으로 데려갔다. 선생은 캐나다 퇴역 군인이 아니기 때문에 그곳에서 무료 치료는 불가능했다. 제럴드가 선생을 치료할 수 있는 시립 병원을 찾아냈다.

각종 검사가 빠르게 진행되었다. 주치의는 암이라고 진단했다. 그는 베트남전에서 에이전트 오렌지 환자 전담 군의관이었다. 다음날 암 덩어리를 레이저로 제거하는 수술을 받았다. 병실로 옮겨져서 수술 경과를 지켜보고 있는데 오른쪽 유방에 암 진단이 나왔다. 의사는 오렌지 에이전트가 원인이라고 했다. 수술을 위한 정밀 검사를 받고 다시 수술대 위에 누웠다. 유방은 절제하지 않고 혹만 제거하고 총상 후 그러저럭 버티던 무릎에도 암이 발견되어 재수술을 받았다.

스키 목사와 고엽제 회원들이 병문안 왔다. 제럴드와 메모리얼대학교 E 교수도 찾아왔다. E 교수가 워킹 무비 상태에 대해 물었다. 병원에 입원한 후로는 경험하지 못했다는 선생의 대답에 교수는 증상이 없다고 완치된 것은 아니라고 했다. 실내이기 때문에 나타나지 않을 뿐 퇴원하면 증세가 다시 나타날 것이라고 했다. 치료와 회복에 또 1년이라는 시간이 흘러갔다. 발짝을 딛게 되면서 퇴원했다. 회원들이 원주민 마을 고아 4명 맡아서 돌보던 시기였다.

회원들과 아이들은 그에게 희망이었고 유기 아동들에게는 그가 희망이었다. 조심조심 일상을 꾸려가는 데 정기 검진에서 의사가 위암을 진단했다. 또 고엽제가 원인이었다. 6개월 시한부 선고가 나왔다. 더는 살 수 없다는 것을 알면서 다시 입원했다. 제럴드도 스키 목사와 러브머니 회원들도 고아들을 잘 챙기고 있으니 걱정하지 말라고 했다. 의료진들도 선생이 죽게 되면 아동 후원을 이어가겠다며 아이들 걱정은 내려놓고 치료에 전념하라고 당부했다. 선생은 죽음을 받아들일 채비를 했다.

아동학대로 가해진 신체적 고통 속에서 느꼈던 그 세계가 선명하게 떠올랐다. 소년은 몬태나 금광 마을 헬레나의 겨울 거리에 있었다. 수잔에게 방구석치료, 거울치료, 헬리콥터 체벌을 받았다. 학교 간호사 메리가 눈을 흘겼다. 뷰트소년원 작은 방 안에 내려앉던 탁한 공기와 오줌 냄새가 났다. 갱스터로 떠돌아다니던 시카고의 거리

베트남의 타이거 케이지… 잊어버린 줄 알았던 기억들이 침상 주위로 우루루 몰려왔다. 매달린 의료 장비들 때문에 몸은 한 치도 움직여지지 않는데 누군가가 다가왔다. 머리맡에 앉았다. 방문자가 선생에게 물었다.

"신을 믿느냐?"

"네."

"하나님의 치유 능력을 믿느냐?"

"네."

선생은 두 가지 질문에 모두 '네'라고 대답했다. 노인은 선생의 이마에 손을 짚었다. 그의 손길이 이마에 닿는 순간 들끓던 마음이 차분해졌다. 침상 주위를 에워싸던 것들이 모두 사라졌다. 눈을 감았다. 얼마의 시간이 흘렀을까 눈을 떴을 때 노인은 보이지 않았다

"아, 아버지께서 다녀가셨구나!"

독자는 환영이라 할 수도 있겠지만 선생은 지금도 성령의 방문이라고 믿는다. 폴은 헨리 할아버지일지도 모른다고 했다. 폴이 방문자를 헨리 할아버지라고 하는 이유는 '헨리는 인간의 마음을 탐구하는 심리학자 신앙심이 깊은 분 선생의 인디언 마을 정착에 많은 도움을 주었던 분'이기 때문이라는 설명까지 덧붙였다.

다음날 아침, 수술을 위해 병실로 올라온 주치의에게
선생은 전날 밤 일어난 일을 이야기했다. 의사는 잠시 기
다리라고 하더니 로마 가톨릭 사제를 데려왔다. 신부님은
예수의 환영을 보았느냐고 물었다. 선생은 예수가 아니라
고 답했다. 지난밤 노인과의 대화 내용을 듣던 신부님이
선생에게 성호를 그으며 강복을 내렸다. 환자는 수술 방
으로 옮겨졌다. 수술 방 앞에서 기다리고 있던 신부님이
'깨어나면 모든 것이 괜찮아질 거'라고 했다.

선생은 깨어나면 괜찮아질 거라는 사제의 말을 이해하
지 못하고 잠이 들어버렸다. 그가 깨어났을 때, 침대 곁
에 있던 신부님이 다시 한번 축복의 기도와 성호를 그었
다. 수술 집도의가 와서 수술 전과 후 사진을 선생에게
보여주었다. 선생의 '복부를 열었는데. 암 덩어리를 찾을
수가 없었다'는 것이다. 선생은 이 체험을 절대자와의 첫
산책으로 표현했다. 몸은 빠르게 회복되기 시작했다. 재
발이 예고되었던 전신암도 더 이상 재발하지 않았다. 주
치의로부터 완치 판정 받고 퇴원했다. 암 발병에서 입원
과 수술 치료로 1년이라는 시간이 또 속절없이 흘러갔다.
속도를 내지 못하던 입양 후원 사업이 선생의 퇴원으로

다시 활발해졌다. 기존에 있던 인디언 마을 유기아동 4명은 영국의 가정으로 입양시켰다.

영국과 뉴펀들랜드는 거리적으로 가깝다. 베트남처럼 전시 상황도 아니어서 양부모들의 내왕이 쉬웠다. 그들이 직접 아메리카인디언 거주 지역으로 와서 한동안 아이들과 생활하다가 데리고 갔다. 다시 고아 2명이 들어왔다. 두 아이 모두 가난 때문에 부모가 버리고 간 4~5세 아동들인데, 고엽제 회원들이 한 명씩 임시보호자가 되었다. 아동 후원을 시작하고 6~7년 사이에 인디언 거주 지역에서 발생한 고아 6명이 모두 영국의 가정으로 입양되었다. 그들이 건강하게 성장하고 있다는 소식이 왔다. 선생의 일상은 평온했다. 길거리에 떠돌아다니던 고아들이 보이지 않았다. 교회에 접수되는 아동들도 부쩍 줄더니 그나마도 보이지 않았다. 이런 상황을 선생은 70년대 후반 달라진 시대 발전과 지역 사회 환경 변화라고 했다. 메모리얼대학교가 세계 해양대학으로 성장하면서 대구와 연어잡이 위주의 어업 인구에서 교육 문화 관광 등으로 인구 유입의 성격이 바뀌고 캐나다 자치주 차원의 복지정책 수립을 주요 원인으로 꼽았다.

고열에 시달리는 선생을 차에 태우고 이 병원 저 병원

찾아다니던 친구 제럴드에게 혈액 암 진단이 나왔다. 혈액 오염이 원인이라고 하는데 어디서 어떻게 감염이 되었는지는 담당 의사도 밝혀내지 못했다. 암 진단을 받고도 태연하게 간호사 일에 열중하던 그가 결국 불치병과의 싸움에서 이기지 못하고 젊디젊은 서른 살에 죽었다. 선생이 병원에서 퇴원하고 나서 1년 남짓한 기간에 일어난 일이다. 낯선 고장에 와서 처음 만나 허물없이 지내던 귀한 친구인데 더는 볼 수 없다는 현실이 쉽게 받아들여지지 않았다.

선진국들도 사회 복지 시스템 미비로 어려움을 겪던 시대이니 구호의 손길은 턱없이 부족하고 공권력은 한계가 있었다. 인디언 보호구역에서는 홈리스와 걸인 행려병자와 정신질환자들이 길거리에 돌아다니는 모습은 낯선 풍경이 아니었다. 거리에서 발작을 일으키는 정신질환자들에게는 질병의 특성상 측은지심으로 다가갈 수 없다. 발작이 멈추기만 기다릴 뿐이었다. 선생과 제럴드 두 사람은 주말 밤의 술자리를 즐겼다. 선생은 술 한 잔 들어가면 더 활기차고 유쾌해지는 친구의 화법에 매료되었다.

어느 주말 저녁 선생은 단골 술집으로 친구를 불러냈

다. 몇 차례 술잔을 부딪치며 흥이 오르는데 누군가 제럴드를 찾았다. 발작증세 환자 발생 사실을 알려준 모양이었다. 친구는 마시던 술잔을 바에 내려놓고 밖으로 뛰어나갔다. 선생도 무언가 돕는다고 뒤따라 나갔는데 친구는 환자를 태우고 저만치 병원을 향해 달려가고 있었다. 선생은 간호사 친구의 이런 모습을 그날만 본 게 아니다. 술 마시다 말고, 춤추다 말고, 수다 떨다 말고 벌떡 일어나서 환자에게 달려가는 친구를 옆에 두고 산다는 게 자랑스러웠다.

선생은 그런 친구에게서 학업은 물론 아동 후원 사업 전반에 상당한 도움을 받았다. 제럴드는 영국으로 입양 보내기 전 고아들의 간식부터 챙겼다. 아이들의 옷 신발 위생 상태도 꼼꼼하게 살폈다. 만나는 사람들에게 러브머니 후원계좌를 소개했다. 제럴드의 소개로 러브머니 계좌에는 익명의 기부자들이 부쩍 늘었다. 익명의 후원자 대부분이 그를 잘 아는 사람들이라는 것은 장례식장에서 알았다. 친구가 세상을 떠나기 며칠 앞서 선생은 그가 근무하는 병원을 방문했다. 개인적인 일로 방문했기 때문에 굳이 약속을 잡을 필요가 없었다. 만나게 되면 잠깐 얼굴이나 보고 못 만나면 그냥 돌아올 작정이었다. 미리 알리고 갔다면 보나마나 어디서 기다려 달라고 할 게 틀림이 없었다. 병원 잔디밭에서 제럴드가 여러 명의 환자들과 대화를 나누고 있었다. 업무 중인 것 같아서 조금 떨어진 곳에서 친구의 뒷모습을 잠시 지켜보았다. 그날 지켜본 제럴드가 마지막 모습이라고 생각하면 가슴이 미어터지는 것 같았다.

선생은 베트남에서 많은 청년의 죽음을 목격했다. 그들의 나이는 18~20세였다. 그들과는 개인적인 친분은 쌓을 기회가 전혀 없었다. 몇 달 몇 주 혹은 며칠씩 순환 근무를 했기 때문에 음주 상황 외에는 관계가 형성되지 않았다. 작전 중에 겪게 되는 팀원들의 죽음과 친구 제럴드의 죽음은 성격이 달랐다. 뒷모습만 봐도 기분이 좋아지는 그런 친구를 세상에서 더 이상 볼 수 없다는 사실이 믿어지지 않았다. 제럴드 사후 선생에게는 허무와 절망감이 뒤섞인 외로움의 무게가 6개월 이상 이어졌다.

우울했다. 숨이 멎을 것만 같았다. 누구와 대화를 한다는 것도 귀찮았다. 연합 교회에도 나가지 않았다. 스키목사와 헨리 할아버지가 찾아와서 기도와 위로의 말도 해주었지만 별 도움이 되지 않았다. 술집에도 가지 않았다. 술친구가 없는데 술을 마셔야 할 이유가 없었다. 왜? 라는 질문과 함께 신의 실존에 대한 회의가 가슴 밑바닥에서부터 차올라오는 경험을 했다. 신은 창조주이며 우리 영혼의 수호자인 것은 맞지만 제럴드의 삶이나 선생 자신의 삶 자체를 담당하지 않는다는 깨달음을 얻을 때까지 기도와 묵상 속에서 지냈다.

복학을 신청하려고 대학에 갔다. 복학 신청에 필요한 서류를 모두 작성해서 제출하고 걸어 나오는데 워킹 무비가 다시 나타났다. E 교수가 재발에 대해 언급했을 때 선생은 반신반의했는데 그만 현실이 되고 말았다. 병원이나 집은 실내 공간이어서 증세가 나타나지 않았을 뿐이었다. 개강하면서 교정은 넓고 탁 트인 공간이어서 증세가 더 심해졌다. E 교수를 찾아갈 수밖에 없었다. 그는 '올 사람이 왔다'며 적극 치료에 나섰다. 그가 정해준 프로그램대로 일주일에 한 번씩 심리상담 치료가 시작되었다.

뉴펀들랜드 메모리얼대학교
졸업하다

4학년 마지막 학기 방학을 앞두고였다. 칼바람이 부는데도 치료를 받으려고 E 교수 연구실에 갔다. E 교수는 영국 홍차를 끓여 왔다. 난롯가에 앉아 뜨거운 차를 마시는 선생의 모습을 물끄러미 바라보고만 있던 교수가 말했다.

"로이 전쟁은 끝났어, 이제 집으로 돌아가도 돼."

E 교수의 말 한마디에 자유가 느껴졌다. 그날 이후 베트남의 시공간으로 돌아가던 워킹 무비 현상은 나타나지 않았다. 암 발생도 더는 없었다. 심신이 매우 건강해지고 있다는 것을 알 수 있었다.

1978년 선생은 캐나다 뉴펀들랜드 메모리얼대학교를 졸업했다. 교사자격증도 나왔다. 외상 후 스트레스를 치료해준 교수와 스키목사 주선으로 아메리카 원주민 마을 다섯 교회에서 평직 목사로 주말 예배를 주관했다. 쉽게 오지 않는 기회요 벅차고 감동스러운 일이었다. 청년들과 성서 공부도 하고 어려운 지역민에게 봉사하는 몇 프로그램도 운영했다. 선생 자신이 하고 싶었던 일도 하면서 적지 않는 성취감을 맛보았지만 대학공부를 충분히 했다는 생각이 들지 않았다. 병 치료에 많은 시간을 소비하느라고 미처 생각지 못했다. 목회자의 길을 열어주기 위해 기도하시던 헬렌 할머니의 뜻에 못 미친다는 내면의 울림이 컸다. 신학공부를 더 해야 할 것 같아서 대학원 과정이 개설된 신학교 물색에 들어갔다. 1981년 봄날 신학교에 입학지원서를 제출하러 가던 날이다. 선생이 가야 할 목적지 세인트 폴 베델 신학교 정문 앞에서 차를 세웠다.

"베델에 오신 것을 환영합니다."

일면식도 없는 남자가 손을 번쩍 쳐들며 인사를 했다. 선생은 이 지역에 베델이라는 명칭이 들어가는 신학교가 한 군데 더 있다는 것을 알지 못했다. 세인트 폴 베델 신학교와 자신이 가야 할 신학교의 명칭이 비슷했다. 자신에게 인사를 한 사람은 바로 이 대학교의 총장이었다. 선생이 차에서 내린 시간과 풍채 좋은 남자가 내린 시간이 동일했다. 우연찮게 존슨 총장이 선생의 방문을 환영하는 상황이 되어버리면서 그는 세인트 폴 베델 신학대학원에서 5년 신학 공부를 하게 되었다.

존슨 총장은 헌신적인 예수 추종자였다. 성령이라면 무엇이든 할 수 있다고 믿는 사람이었다. 처음 두 학기는 예수의 모국어인 그리스어와 아람어를 배웠다. 히브리어 과목은 목회자 자격 취득 시험에 필수 과정인데 강의 내용이 하나도 들리지 않았다. 강의 노트를 작성할 수가 없었다. 헬렌 할머니의 맞춤 학습으로 읽기 쓰기 등을 적잖이 공부했지만 기초 학력이 보잘것없는 그를 얼어붙게 만들었다. 전 학기 모든 시험에서 떨어졌다. 10개 과목 중 5개 주요 과목에서 F를 받았다. 그 학점으로는 공부를 계속할 수 없었다. 그만둬야 할 판이었다.

학과장 P가 선생의 F학점 성적표를 총장한테 갖다 주고 존슨 총장과 선생의 면담 주선에 나섰던 모양이다. 존슨 총장의 호출을 받았다. 불안감으로 힘겹게 총장실에 들어서는데 존슨이 활짝 웃으며 두 팔 벌려 선생을 껴안았다.

"당신의 목숨을 그리스도를 위해 바칠 자신이 있습니까?"

선생에게 물었다. 선생은 가슴이 뛰었다. 대답이 얼른 나오지 않았다.

"…yyyyye sss."

더듬더듬 거리면서 겨우 대답했다. 존슨 총장은 자신

의 손을 선생의 머리 위에 얹고 기도를 시작했다. 그의 기도는 영어에서 그리스어, 히브리어, 아람어를 넘나들었다. 선생은 모어 아닌 언어를 영어로 번역해본 적이 없었는데 총장의 기도를 영어로 번역해서 존슨 총장에게 전달했다. 그 주 후반 3개 과목에서 A를 받으면서 언어 학습에 대한 테스트에서 무사히 통과했다. 학과마다 낙제 점수를 받으면서 학교를 그만 둘 생각도 했는데 단 한 번의 연습도 없이 4개 국어 동시 번역은 성령의 은사라고 할 수밖에 없었다.

자신의 체험이 생생하게 녹아있는 제목 '성령님(Holy Spirit)'이라는 논문이 최종 통과되면서 신학 공부는 끝났다. 석사학위 증서도 받았다. 우여곡절 끝에 대학원 졸업하고 학위를 취득했지만 기쁨은 잠시였다. 전쟁터에서의 급여가 학비와 생활비로 지출되면서 통장의 잔고는 바닥나버렸다. 생활비를 벌기 위해 동분서주했다. 1년 넘게 마트에서 일을 했다. 그릇 가게에서 그릇도 팔았다. 신발 가게에서 신발도 팔고 보석학원에서 보석세공 기술교육도 받았지만 일자리로 연결시키지 못했다.

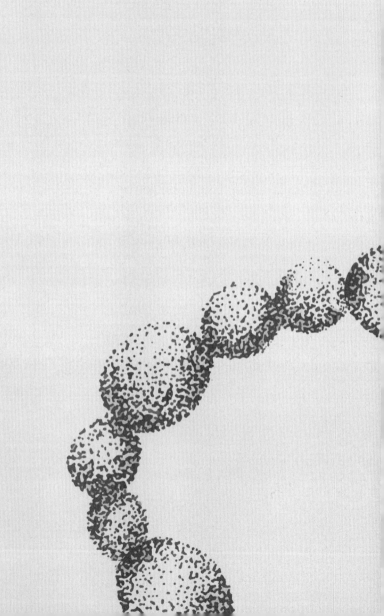

제5장

기회의 땅, 한국에서

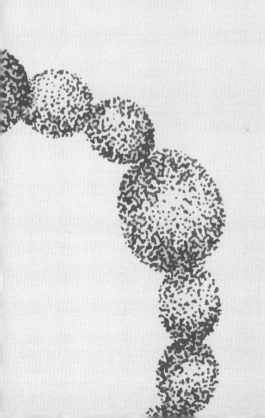

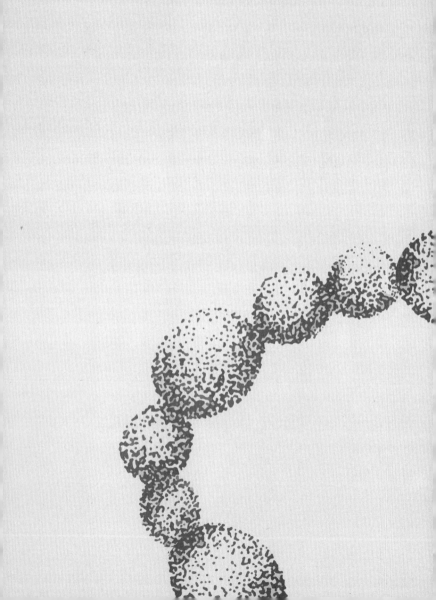

영어학습전문가 생활

　뉴펀들랜드(New found land)는 캐나다 동쪽 끝 아메리카 원주민들의 생활 터전이다. 대한민국 면적 크기인데 지형은 삼각형에 가깝다. 1929년 대공황 때는 고등어 중심의 수산물 수출이 중단되고, 목재와 철광석 거래까지 끊어지면서 자치주 파산이라는 불명예도 겪었다. 2차 세계대전 시절에는 영국과 미국의 자본과 기술이 들어오면서 무너졌던 경제가 회복되어 오늘에 이른다. 현재 인구는 50만여 명이지만 선생이 발을 들여놓던 70년 초 이곳 인구는 지금의 절반에도 못 미쳤다. 2001년 큰 섬 뉴펀들랜드와 빙하 지역 래브라도가 합치면서 뉴펀들랜드래브라도주가 공식 명칭이 되었다.

　주민들은 영국이나 미국에서 온 사람들이 많다. 대부분 세인트존스시에 거주한다. 헬렌 할머니 예측대로 메모리얼대학교는 세계의 해양 대학교로 성장했다. 여전히 등록금이 저렴하고 장학제도는 좋다. 이 대학교 도서관 서

제5장 기회의 땅, 한국에서　**223**

가에서 선생은 쟝 피아제의 '아동 인지발달' 이론을 접하고 나서 헬레나의 루이스 앤 클라크 사회복지국으로 찾아갔다. 자신의 정체성을 공문서로 확인하고 베이비 브라운 시절에 경험했던 그 세계에 의미도 부여했다. 선생은 래브라도 해류와 멕시코 만류가 교차하는 북대서양 어장과 파도를 이야기하고 폴은 선생과 함께 〈란세오메도스〉에서 보냈던 시간과 추억을 소환했다.

바이킹들의 주거지 탐방은 원래 선생과 간호사 친구 제럴드와의 약속이었다. 제럴드가 세상을 떠나면서 우정의 고리도 느슨해져 버렸다. 사나이들의 지켜지지 못한 약속은 기약도 없이 땅 끝 마을 빙하호 위를 떠돌고 있었다. 폴은 고향에서 선생은 원주민 마을에서 각자의 삶을 살고 있는데 중단되었던 선사주거지 발굴사업 재개 소식이 들려왔다. 선생은 제럴드와의 약속을 떠올렸다. 폴을 불렀다. 선생이 폴에게 답사 제의를 했다. 폴과 제럴드도 오랜 친구였으니 반대할 이유가 없었다. 본격적인 발굴 작업이 시작되면 일반인들은 들어갈 수 없을 테고 또 발굴이 완료되면 유물과 유적은 자료화 모형화 과정을 거치면서 사실감이 떨어질 게 뻔했다. 두 사람 모두 세인트 존스 시에 있으리라는 보장도 없었다. 당국에서 외지인

출입 통제 발표 직전에 두 사람은 란세오메도스를 다녀왔다.

한반도의 선사유적지와는 성격이 다른 11세기 유럽 바이킹들의 공동주택 뗏장 집과 대장장이들이 만든 걸쇠 가락바퀴… 등 유물의 사료적 가치는 알면서도 그림으로만 보는 안타까움을 이야기했을 뿐인데 두 사람한테서 같은 취지의 질문을 받았다. 글을 쓰려면 고미술사 자료는 필요하지 않느냐였다.

나는 필요하다고 했다. 손때 묻지 않은 자료들이 많으면 많을수록 좋다고 했다. 나라 밖 고미술 자료 확보의 고충을 말했더니 폴은 귀한 걸음 귀한 시간 내준 보답이라며 딸아이 편에 자신이 찍은 유럽 바이킹들의 취락 사진과 방문기록도 보내주겠다는 것이다. 자신의 자료는 모두 란세오메도스 역사지구 홈피에 들어가 찾아도 없다며 어깨를 으쓱거렸다.

선생에게 베트남에서의 기억이 타의에 의해 만들어진 상처라면 새로운 땅 뉴펀들랜드 세인트존스시 아메리카 원주민 부락에서 몸과 마음 모두 치료받았다고 할 수 있다. 이곳에서는 자신이 하고 싶은 일 했으니 트라우마가 없다. 영국인 선교사 스키 목사와 절친 제럴드 지금의 십년지기 폴도 만났다. 고엽제 피해를 입은 장애인들과 러브머니 아동 후원 사업 재개하고, 에스키모 마을 유기아동 거두고 영국 가정에 입양 보내는 아무나 할 수 없는 값지고 선한 일을 했다.

선생은 북대서양어장의 풍어를 보았다. 대구와 고등어가 사라지고 연어 떼들이 돌아오지 않아 어족자원이 고갈된 어장의 현실도 목격했다. 바다에 기대 살던 사람들이 일자리를 찾아 도시로 떠나고 외지인 유입으로 달라진 인디언 마을의 변화를 지켜보면서 그에게도 기회의 땅 축복의 섬이었던 뉴펀들랜드를 떠날 때가 왔다는 것을 알았다.

80년대 초 미국 사회는 자유주의와 사회주의가 대립하던 시기다. 자유주의 사상을 근간으로 발표된 레이거노믹스 정책에 따른 변화는 경제나 노동, 복지, 몇 분야에 국한되지 않았다. 기독교 사회에도 변화의 새 바람이 휘몰아쳤다. 성서 위주의 복음 정신과는 동떨어진 젊은 목사와 음악이 예배를 주도하는 목회로 선회하고 있었다. 하나님이 주신 일용할 양식이 교회자본 교회 재산이 되어버리는 목회는 선생에게는 넘을 수 없는 장벽이었다. 약자들과 함께하는 목회를 하고 싶었지만 자신이 전공한 신학과 연계된 목사직을 미국에서 수행한다는 것은 사실상 불가능했다.

선생은 젊은 음악 감독만 찾고 있는 교회가 진정한 복음 정신인가라는 물음에 봉착했다. 그의 나이가 마흔이니 더 이상 젊어질 수도 없었다. 다룰 줄 아는 악기도 음악에 대한 이해도 없었다. 미래가 불투명해지면서 스트레스 지수는 높아져갔다. 어느 아침 식탁에서 신문을 보는데, 한국의 수도 서울에 있는 영어전문학원 YAM의 원어민 영어강사 구인 광고 문구가 눈에 들어왔다. 교사 모집 내용과 교육 일정 등이 예사롭지 않았다. 호기심이 생겼다. 한국이란 나라에 대해 아는 것이 없었다. 개인적으로 아는 한국 사람도 없었다. 베트남에서 한국의 청룡부대 경비대와 메콩강 연안에서 순찰 업무를 함께 한 적은 있지만 그들 누군가와 이야기를 나눈 적이 없었다. 낯선 환경과 언어 장벽으로 대화의 필요성조차 느끼지 못했다.

메모리얼 대학도서관에서 대한민국에 대한 자료를 찾아 읽었다. 일제 강점기와 6·25전쟁으로 폐허를 겪은 나라, 미국의 동맹국이었다. 고도의 경제 성장과 한강의 기적으로 미국에도 알려진 나라였다. 한국의 경제 성장에는 높은 교육열이 뒷받침하고 있었다. 선생은 서울 YAM의

교사 모집을 대행하는 브리티시 컬럼비아 담당자에게 상세 설명을 부탁하는 메일을 보냈더니 답장이 왔다. 메일 몇 번 주고받으면서 필요 정보와 의견 교환이 이루어졌다. 한국 사회의 영어 열풍과 학생들의 영어 교육에 대한 학부모들의 관심에 대한 내용을 읽으면서 원어민 영어학습전문가 자신이 한국에서 해야 할 역할이 있을 것 같았다.

선생은 만국 공용어 영어로 말하는 미국 사람이다. 교사 자격증과 목사 자격증도 있다. 국민 모두가 88올림픽 준비에 여념이 없는 국가, 교육열이 아주 높은 사회, 영어 열풍이 휘몰아치는 한국의 영어교육 현장에 뛰어들어보고 싶었다. 자신에게 닥친 현실 문제에 대한 해결책이기도 했다. 대한민국의 수도 서울에 가보기로 했다. 미국이란 나라에서 태어났으면서도 한 번도 경험하지 못한 올림픽 축제를 한국 땅에서 한국 사람들과 공유할 수 있다는 것만으로도 즐거운 일이었다. 선생은 12년 에스키모 마을 생활을 접었다. 1986년 6월 한국 땅을 밟았다.

김포공항에서 YAM으로부터 월급 300만 원과 작은 아파트 제공이라는 교원 계약이 체결되었다. 영어전문학원이 그에게는 첫 직장이 된 셈이다. 초기 1년은 YAM에서 학생들과 학부모 선생님들로부터 많은 것을 배우고 익혔다. 공교육 현장에도 사교육 현장에도 학부모들과 학생들에게 영어는 반드시 극복해야 할 산으로 인식이 되고 있었다. 영어에 대한 이런 기대를 선생이 알게 된 이상 학생들에게 영어를 잘 가르치는 교사가 되어야 한다는 사실도 깊이 되새겼다. 서울 도심에 있는 초등학교에서 매일 다른 학반 다른 학생들을 만났다. 한국어 선생님도 날마다 다른 얼굴들이었다. 영어를 잘해야 한다는 공감대 안에 가르치는 학년과 학반이 매일 달라지면서 날마다 새로운 얼굴들을 만났다.

　한국은 기회의 땅 축복의 땅, 선생에게 코리아는 특별한 국가였다. 선생 자신이 얻은 것이 그만큼 많았다는 의미로 들렸다. 국권을 빼앗겼던 일제 강점기와 한국전쟁이라는 참화를 딛고 경제 대국으로 성장했다. 성장의 바탕에는 높은 교육열이 자리 잡고 있었다. 이 좋은 토양 위에서 자신에게 맡겨진 아이들이 영어로 꿈꾸고, 자신의 꿈을 친구들에게 영어로 말할 수 있게 가르치고 싶었다. 영어학습에 대한 이해와 수준이 다른 학생들과 하는 영어 수업은 학습 수준과 학습 의욕 등의 데이터화가 가능했다. 학생들의 수준을 분석하여 학습자 수준에 맞는 수업 방향을 교사들과 토론하는 것은 바로 헬렌 할머니의 학습법이었다. 부지런히 학습자의 문제점을 찾아 더 나은 영어 문항 영어 지문을 찾아 학습 교재를 엮었다. 선생이 취득한 교육과정 디자인 박사학위는 자신이 현장 수업에서 얻어진 데이터로 완성된 결과물이다.

선생은 서울 시내 초등학교 4~5학년 수업을 맡으면서, 한국의 청소년들은 지나친 긴장감과 암기 수업으로 에너지를 발산할 곳이 없다는 사실에 놀랐다. 웃음이 많아야 할 나이에 웃음은 사라지고 얼굴에는 긴장감으로 찼다. 장차 무엇이 되고 싶은지 어떤 사람이 되기를 원하는지 영어로 답하기 수업을 했는데, 열에 아홉이 '좋은 대학 가려고요, 일류 대학에 합격하려고요, 좋은 직장 가서 연봉 많이 받으려고요'라는 대답이 나왔다. 어떤 일 어떤 직업을 갖겠다고 구체적으로 대답하는 아이들은 아무도 없었다.

아이들이 찬란하고 빛나는 청소년기에 자신을 탐험하고 꿈을 꾸어야 할 시간을 옆 친구와의 경쟁을 위해 허비하고 있다는 사실에 선생은 허탈감을 느꼈다. 초등학생들이 명문대학과 일류 대학을 이야기하고 대학을 졸업한 후에는 '돈 많이 주는 직장에 들어가는 게 꿈'이라고 하니 어안이 벙벙했다. 엄마아빠가 '학교 수업으로는 안 된다'고 해서 여러 학원을 전전한다는 사실에는 입이 다물어지지 않았다. 어느 선생님한테서는 한국의 아이들은 밥 먹을 때는 대학입시! 잠자리에 들 때는 '인 서울'이나 '스카이!'를 외친다는 말을 들었을 때 선생의 입에서 '오마이 갓'이 툭 튀어나와 당황했던 적이 있다.

"형편이 이런데 한국의 틴에이저들이 어떻게 자기 세계 탐색의 기회를 만들 생각을 할 수 있겠어요?"

영어학습 현장에서 자신이 직접 겪은 경험담이라면서 반문했다. 선생은 열여섯 살 때까지 영어 알파벳을 제대로 읽지 못하고 쓰기도 할 줄 몰랐다. 그렇지만 영어로 생각하고 영어로 의사소통하는 데는 문제가 없었다. 한국 사람이 한국어로 생각하고 한국말 하는 건 당연하고 한국인들에게 영어는 외국어다. 다만 말이 먼저이고 글과 문법은 나중이라는 큰 원칙을 거꾸로 이해하고 문법부터 공부해서 그렇다는 날카로운 지적이 나왔다.

서울 생활 초기 10년 미국인 선생에게는 아주 색다른 경험이었다. 그는 서울의 초등학교를 하늘과 가장 가까운 곳으로 표현했다. 선생의 표현대로 하늘과 가장 가까운 초등학교 교실에서 아동들의 호기심을 자극하는 질문을 던져 즉석에서 대답 끌어내기 수업을 주로 했다. 한 시간 내내 영어로 노래하고 춤추는 수업에서 그는 보았다. 그는 느꼈다. 아이들의 반짝이는 눈동자와 호기심 가득한 표정과 밝은 미소와 맑은 목소리 영어학습은 황홀했다.

"나는 특권을 얻었다. 나의 꿈은 꼭 이루어질 거야."

선생은 이 문장을 말과 그림 표정과 율동으로 표현하던 아이들의 환호를 잊을 수가 없다.

선생은 가끔 미국에 볼 일 보러 가는데 그곳에서 할일 다하면 바로 한국으로 돌아온다. 잠시 머물렀다가 돌아오는 미국행은 엄밀한 의미에서 나들이다. 이런 리듬을 타는 자신이 미국으로 영구귀국하게 된다면 이방인이나 무엇이 다를까 하는 생각이 들 때가 많다. 미국 친구들에게 이방인이라는 호칭으로 불릴 때가 있는데 자신이 그렇게 보였다는 사실에 기분이 좋다. 한국에서 영어학습전문가 역할에 충실하고 있다는 것에 위로를 받는다. 위로라는 동력으로 한국 생활 삼십오 년 퇴근 후에는 그날 수업이 학생들에게 제대로 전달이 되었는지, 한국 학생들의 정서에 맞는 어휘 등에 대한 연구를 점검하고 돌아본다. 부족한 면이 있으면 반복 또 반복 익혀 차시 수업에 반영시키려는 그의 노력은 끝이 없다.

YAM과 계약이 끝날 무렵 강남에 있는 B교회 담임 목사가 요청했다. B교회 중고등 학생과 대학생 대상으로 영어학습 강좌를 진행해 달라는 것이다. 선생 자신이 직접 목회를 하는 것은 아니지만 영어학습 강좌는 영어 사역이나 다를 바가 없었다. 흔쾌히 수락했다. 대학생 반 직장인 반 성인 반 공히 일대일 수업이나 마찬가지였다. 학습자도 늘어나고 강좌도 제자리를 잡아가던 때 담임목사한테서 윤 씨 할아버지를 소개받았다. B교회 목사는 '혼자서 노후를 적적하게 보내시는 할아버지의 말벗이 되어주라'며 선생을 소개했다.

윤 씨 할아버지는 1912년생으로 잠실에서 나고 성장한 서울 토박이다. 일제 강점기 청년 시절에 일본 유학길에 올랐다. 학업을 마치고 귀국한 후에는 서울에서 직장생활을 했는데 회사에서 도쿄 지사로 발령이 나서 다시 일본으로 가게 되었다. 그는 일본에서 결혼하고 일본에서 30년 넘게 엔지니어로 살았다. 슬하에 두 명의 아들을 두었는데 아들 둘 모두 일찌감치 미국으로 유학을 보냈다. 아들들은 미국에서 공부하고 결혼하고 지금도 L.A에서 산다. 할아버지는 일본에서 아내가 저 세상으로 떠나고 난 뒤 혼자 귀국했다.

할아버지는 독실한 크리스천으로 B교회 재정은 물론 형편 어려운 신도들에게도 후원을 아끼지 않았다. 그는 자신의 기부나 선행이 알려지는 것을 극히 경계했다. 할아버지는 일어, 영어, 중국어, 러시아어 등 5개 국어를 능숙하게 구사하고 선생은 한국말 못 하지만 두 사람 사이에는 영어가 있어서 의사소통에는 아무런 문제가 없었다. 할아버지는 성경 중심으로 논어나 불교 서적 등 독서 삼매경에 빠졌다가. 선생에게 책 내용을 영어로 설명하고 자신의 견해를 선생에게 전하는 것을 즐거움으로 삼았다.

선생이 동양고전에 관심을 갖게 된 것도 윤 할아버지 때문이라고 할 수 있다. 일본에 다녀올 일이 생기면 선생이 동행했다. 시간이 흐르고 두 사람 사이에 공감대가 형성되면서 잠실 일대에서 부자 할아버지로 소문이 난 것을 알았다. 오랜 직장생활로 모은 재산도 상당하고 부모님으로부터 물려받은 유산도 많았다. 서울에는 강남 개발로 벼락부자가 된 이들이 많다는 것도 그때 알게 되었다. 선생은 자신의 출생에 대해 말씀드렸다. 보육원 탈출과 위탁가정생활에서 당한 아동학대 소년원 탈출 후 갱스터 생활… 헬렌과의 만남 베트남전 참전 이력 등 사실대로 말씀드렸다.

"잘 극복을 했네. 난 자네가 한국에서 안전하게…"

할아버지는 선생이 한국에서 안전하게 살기를 진심으

로 바란다고 했다. 선생의 러브머니 사업에도 동참하고 싶다며 돕는 방법을 알려 달라고도 하고 경제적인 지원이 필요하면 언제든지 요청하라고 했지만 선생은 영어학습자들에게 받는 수강료만으로도 부족함이 없었다. 할아버지의 아들처럼 사는 것만으로도 감사했다.

할아버지가 노환으로 병원 출입이 잦았다. 선생은 자신의 강의 일정을 상당부분 줄였다. 병원 입 퇴원을 반복하면서 찾으시기 때문에 어쩔 수가 없었다. 병원 출입과 목욕 식단 등의 수발을 들려면 시간이 많이 필요했다. 윤 할아버지는 자신의 죽음 앞에서 재산의 상당 부분은 교회와 자선 단체에다 이미 기부를 했다. 임종을 앞두고 미국에 사는 두 아들을 서울로 불러들였다.

아들들이 왔다. 변호사를 부르고 두 아들과 선생이 보는 앞에서 유언장이 작성되었다. 할아버지는 두 아들에게 잠실 아파트 소유권은 선생에게 넘겨주라고 했다. 선생의 '선한 성품에 감동해서 내린 결정'이라는 아버지의 유언에 두 아들은 기꺼이 동의를 했다.

"고맙습니다, 로이. 아버지가 사시던 아파트를 당신에게 선물하겠습니다."

아들들이 사는 곳이 나라 밖이어서 아버지를 제대로 챙

길 수 없는 입장인데 선생이 아버지를 보살펴드린 것에 대해 진심어린 감사였다. 할아버지의 유언대로 잠실 아파트 (60평) 소유권이 선생에게로 넘어왔다. 1998년의 일이다.

아파트 소유권이 넘어오면서 선생의 고민은 깊었다. 그는 미국에서도 혈혈단신이었다. 한국에서도 혼자였다. 윤씨 할아버지께서 가족으로 품어주심에 늘 감사했다. 어르신 돌보기 3년 동안 한순간도 대가를 바란 적이 없었다. 할아버지는 아버지 같고 큰형 같은 존재여서 성심성의껏 보살펴드렸을 뿐인데 엄청난 선물을 받았다. 자신이 수행한 돌봄에 비해 과분했다. '헬렌이라면 어떤 결정을 내렸을까' 변호사가 소유권 이전 절차를 마무리 짓고 등기등본을 갖고 오던 날 '나는 주의 종'이라고 하시던 분 '내가 너에게 베푼 친절에 대해서는 누구한테도 말하지 말라' 시던 할머니를 그리워했다.

러브머니 초기 회원들은 고령자다. 모두 장애자다. 세상을 등지는 회원들의 수가 생존 회원 숫자보다 많았다. 2년 전 서울 모임 후 3명 세상을 떠나고 열 명 남았다. 후원계좌는 1997년부터 에스크로 계좌로 전환되어 대학장학재단에서 더 안전하게 관리되고 있다는 사실에 회원들은 대만족이었다. 1999년 여름 시카고에서 열린 회원 정기 총회는 사실상 친목 모임이었다. 특별한 안건이 없었다. 윤 할아버지가 로이에게 물려준 잠실 아파트 건은 이미 회원들끼리 공유해왔다. 선생이 국제 적십자사를 통해 영국 가정으로 보낸 고아 5명(프랑스 1명, 벨기에 1명 아프리카 3명)의 입양 전후 내용과 회원 개개인의 후원 결과 내용까지 공유하면서 서로 응원하고 격려해 오던 터였다.

시카고 모임에서 논의가 되었다면 잠실 아파트 처분 문제였다. 강남 개발이라는 호재로 잠실 아파트 가격이 급등했다. 임대 수익도 많이 생겼다. 아파트를 매매할 예정인데 매매대금 전액을 에스크로 계좌에 입금하겠다는 선생의 뜻에 노병들의 칭찬과 박수가 쏟아졌다. 시카고에서 2박 3일 정기모임을 마치고, 선생은 할머니의 묘소 참배를 위한 일정대로 미네소타주 미니애폴리스로 갔다. 두 분 할머니의 유해가 뿌려진 숲은 헬렌가 조상대대로 지켜온 가족공원 묘지였다. 리조트에 있을 적에 할머니 심부름으로 한번 갔던 그때처럼 여전히 숲이 울창했다. 고운 햇살과 바람결에 흔들리는 나무들도 그대로였다. 제대 직후 할머니의 죽음을 알고도 알코올과 헤로인에서 벗어나지 못해 묘소를 찾을 생각조차 못했다. 캐나다 이주 후에는 외상 후 스트레스 장애(PTSD)치료와 암 수술과 치료

등으로 갈래야 갈 수가 없었다.

한국에 와서 심신의 안정을 찾으면서 몇 번 시도를 했지만 일정을 잡을 수가 없었다. 그동안 미국 방문은 번번이 유학을 준비하는 학생과의 동행이었다. 유학에 관련된 업무를 소화하고 서울로 안전하게 학생을 데리고 오는 임무까지 포함된 여정이니 엄두도 못 냈다. 시카고 모임은 달랐다. 서울에는 대학들이 여름방학을 하면서 강의도 쉬었다. 동행자 없이 혼자서 비행기를 탔으니 홀가분했다. 모임이 끝나고 회원들은 각자의 자리로 돌아가고 이제나저제나 하던 그 시간이 왔다.

"좋아, 그거야. 그렇게 쓰면 돼. 맞아. 아유, 잘했어."

알파벳을 읽지 못해서 문장을 쓰지 못해서 문법을 몰라서 쩔쩔매다가 읽고 쓰기가 될 때 칭찬해 주신 분의 음성을 듣는 것만 같았다. 곁에서 지켜보던 언니 할머니의 환한 미소까지 고인들과 함께했던 시간이 주마등처럼 지나갔다. 선생은 그리움과 감사 회환의 눈물을 쏟았다. 숲 관리자가 헬렌 할머니 시골 재산 모두 맹인 재단에 기부되었다고 했다. 변호사 메이슨에게 들어서 알고 있던 내용이었다.

잠실 아파트는 쉽게 매매되었다. 매매대금 전액 에스

크로 계좌에 입금해버리고 나니 무거운 짐을 내려놓은 기분이었다. 아주 홀가분했다. 고아들의 숫자가 불어나면서 한때 후원금 부족 사태가 오지 않을까 염려를 했는데 기우였다. 회원들의 뜻과 세계 곳곳에서 개인들의 조건 없는 후원으로 장학금의 액수는 오히려 늘어났다. 장학재단에서 계좌를 관리하고부터는 회원들은 수혜자 개개인을 알 수가 없다. 대학에서 회원들에게 보내오는 공문에서 수혜자들의 숫자와 국적을 파악할 뿐이다. 수혜 아동들은 베트남과 캐나다 한국에 한정되지 않고 호주, 뉴질랜드, 미국, 영국, 독일, 이탈리아 등 국적이 다양해진 것을 알 수 있다. 선생이 바라던 대로 되고 있으니 기분이 좋다.

잠실 할아버지 돌봄으로 미루었던 영어학습 강의를 다시 시작했다. H대, O대, C대, S대와 K대 등, 영어학습 전문가를 찾는 곳에는 기꺼이 달려갔다. 선생은 한국의 학생들이 영어를 배운 기간에 비해 영어로 말하지 못하는 이유를 머릿속에서만 맴도는 영어 입안에서 망설이는 영어로 규정했다. 원인은 영어로 생각을 하지 못하고 단어만 외우니까 머리가 혼란스러워져 영어 회화를 할 수 없다는 것이다.

주부들은 낮 시간에 학생들은 방과 후에, 직장인들은 야간이나 토요일에 보통 주 2회 저녁 수업을 하는데 카페나 스터디 룸이 장소가 되기도 하고 여름철에는 노천카페나 공원에서 진행할 때도 있다. 회화 위주 비즈니스영어 영작문 영어문법 개인별 또는 2~3명 그룹지도다. 학습자 개인의 특성에 맞는 맞춤 수업 학습자 수준에 맞는 교재 발굴 등 그가 가르치는 영어학습의 뿌리는 헬렌의 학습법에서 시작되었다고 할 수 있다. 그에게 배우고 익힌 학생들이 더 많은 공부를 위해 유럽의 사설학원으로 옮겨갈 때는 유학 생활에 필요한 회화 위주 영어를 집중해서 가르친다.

영어학습법 전문가임에도 선생의 영어는 유창하지 않다. 어렵지 않고 쉽다. 학습자가 틀려도 말을 할 수 있도록 기다려 준다. 학습자가 무안을 느끼지 않게 그림이나 사진 혹은 사례로 설명해주고 스스로 어휘를 선택하는 능력을 기르도록 기회를 주는 교수법이라고 할 수 있다. 예컨대 영어학습 중급 시간에 아이돌 주제로 토론 수업을 할 경우 본격적인 토론에 앞서 그는 학습자에게 미리 아이돌과 관련된 사진이나 기사 및 방송 자료 등을 보여준다. 하루 종일 학습자 머릿속에 쌓인 잡다한 정보를 기억의 뒤편으로 잠시 밀어 놓게 만드는 워밍업, 학습자의 기억 공간 전면에 아이돌이 머물도록 학습 분위기를 조성하는 작업이라고 할 수 있다.

"Who is your idol?(너의 우상은 누구인가)"

잠시 묻고 답하는 시간을 갖는다. 그리고 학습자와 대화를 나눈다. '한국의 소년 소녀들이 아이돌에 열광하는 이유, 롤 모델과 아이돌의 차이, 롤 모델이나 아이돌을 다른 단어로 표현하기, 아이돌에 대해 비판하는 사람들의 비판 기준, 학습자 자신의 일상에 아이돌이 끼치는 긍정적인 면과 부정적인 면을 찾아 영어로 설명하기, 학습자 자신의 표현에서 틀린 부분이 있다면 스스로 틀린 곳 찾아 다시 설명할 때까지…' 사이사이에 영문법 이해, 발음 교정도 도와주고 학습자의 영어 설명이 어느 수준에 이를 때까지 기다려 준다. 회화 수업을 마치고 돌아가는 학습자에게 당부하는 것도 잊지 않는다.

"영문법에 맞게 말하려고 애쓰지 마라, 오늘 배운 문장 중에서 틀리거나 말거나 단 한 문장이라도 집에 가서 가족들에게 내뱉어보라."

입트영어에 어려움을 겪는 영어학습자를 위한 개인별 맞춤 워크북도 제공해준다. 그의 워크북으로 집중 학습을 하고 나면 영어학습자는 발음도 틀리고 문장의 격식이 맞지 않아도 망설임 없이 툭툭 영어를 내뱉을 수 있게 된다는 것이다.

"나는 열여섯 살이 될 때까지 영문법이 있는지도 몰랐어요. 모어인 영어를 읽지도 쓰지도 못했어요."

말하기의 중요성과 필요성을 가르치기 위해 대학생 이상의 학습자에게는 자신의 어린 시절을 예문으로 소개한다. 장님 할머니의 가방끈 자르다가 할머니 구둣발에 밟힌 이야기 형무소 대신 할머니 댁에서 먹고 자며 일대일 공부하게 된 사연은 차마 있는 그대로 털어놓지 못하고 누군가에게 들었던 남의 얘기를 전달하듯 전해주는 방식이다. 영어는 입만 트이면 나머지는 좀 늦어도 쉽게 따라갈 수 있다는 것을 알려주려고 감추고 싶지만 동원할 때도 있다.

신약성서 연구와 종교교육 박사학위에 ESL(제2언어로서의 영어) 박사학위를 취득했을 때 한국의 몇 대학들이 그를 위해 관련 학과를 신설해 주었다. Y대학에서 5년 재직했다. O대학, C대학, H대학 등에서 10여 년 넘게 영어학습법을 강의하면서 지식의 축적과 교수법의 성장을 경험하고 사유의 폭도 더 깊어졌다. 대학 강의실에 들어가기 전에 자신의 연구가 모든 학생을 위해 도움이 되기를 기도하는 일도 빠뜨리지 않는다.

한국의 아동구호단체에서 2000년 초반 그에게 시설 아동 2명에 대한 후원 요청이 왔다. 1명은 부모님의 아동학대로 집중력 장애를 겪고, 또 1명은 부모에게 버림받은 유기 아동인데 다운증후군으로 특수학교에 다니는 장애 아동이었다. 둘 다 열 살이었다. 두 명 모두 입양 후 파양된 경험도 있었다. 보호 시설에 있는 만큼 안전에는 문제가 없었다. 러브머니 후원계좌 수혜자로 등재 시켜 대학 진학에 어려움이 없도록 하는 게 적합하다는 결론이 났다. 부모의 손길이 필요한 것 같아서 선생은 틈틈이 두 아이와 놀이공원 나들이도 다녀왔다. 용돈도 챙겨주고 필요한 것도 사주고 아이들과 함께 식사도 했다.

박사학위(2003) 취득 후 한국 내 여러 대학에서 영어학습 강의 요청이 왔다. 선생의 강의에 대한 이해의 폭이 넓어졌다는 의미였다. 출강하던 대학에 몇 대학교가 추가되어 출강 횟수가 늘어났다. 강의하랴 수업 준비하랴 바빴다. 쉬는 날이 없었다. 준비하고 노력하는 만큼 수입도 많았다. 생활도 안정이 되고 정서적으로도 편안해졌는데도 강의하고 돌아서면 철학적인 사유가 부족하다는 느낌이 엄습했다. 독서 부족임을 깨닫고 틈틈이 영미문학을 공부하고 있는데 중국의 북경대학교에서 강의 요청이 왔다. 사회주의 중화인민공화국 자금성의 나라 베이징대학교에서 셰익스피어의 걸작 '로미오와 줄리엣'을 강의하게 되리라고는 생각지도 못했다. 감격스러웠다.

'중세 시대 대영제국의 케플렛 가문과 몬태규 가문의 대립으로 빚어진 로미오와 줄리엣 두 주인공 사이 사랑의 방정식을 베이징대학교 학생들의 영어 수준에 맞출 수 있을까. 창작자가 아닌 전달자인 자신이 영미문학의 백미로 꼽히는 이 작품을 제대로 설명할 수 있을까' 두려움이 밀려왔다. 밤을 지새우며 원문을 읽고 또 읽었다. 중세 시대를 이해하기 위해 논문 자료도 찾으면서 1년 내내 준비했다. 베이징대학교 학생들로부터 질문이 나올 만한 모든 수에 대비해가면서 1년 계약 주 1회 베이징 대학 강의를 무사히 마쳤다.

그해는 공공기관이나 환경 단체에서 '어린이 영어 체험 학습' 강의 요청도 많았다. 공공기관 요청은 무료봉사나 다름없다. 어떤 면에서는 역효과를 불러올 수도 있었다. 거절해도 그만이지만 선생은 아동들과 생태 학습이라는 가치와 공익성 때문에 수락했다. 아이들의 눈높이 언어로 쓰레기와 오수로 버려졌던 땅의 역사, 풀과 꽃과 벌레 새들의 보금자리가 되는 복원의 역사를 영어로 이야기한다는 의미가 컸다. 대학 강의 못지않은 생동감과 즐거움을 맛보았다.

영어체험교실은 월드컵공원관리사무소 측이 '난지도 복원운동'을 홍보하기 위해 운영하는 프로그램이다. 주말마다 진행하는 로이 교수의 강의는 환경문제를 쉬운 영어로 설명하면서 어린이들에게 큰 인기를 끌고 있다. 일단 체험교실이 시작되면 그는 간단한 비디오 시청과 자기소개를 마친 후, 아이들을 월드컵경기장 주변 하늘공원으로 데려간다. 쓰레기 처리장에서 생태공원으로 탈바꿈한 공원의 유래와 그곳에서 살고 있는 수많은 꽃과 식물을 영어로 설명하면서 아이들의 대화를 유도한다.

… 중략 …

20년간 천안대는 물론 서울대와 고려대, 이화여대 등에서 영어를 가르치면서 얻은 경험을 토대로 지난해 미국 해밀턴 대학에서 박사학위를 받았다.

한국인의 영어학습 전문가인 그는 영어캠프를 찾는 부모들에게 '영어학습 비법'을 알려준다. 먼저 그는 "영어로 생각하게 하라"고 주장한다. 한국 사람들은 대개 우리말 문장을 머릿속에서 만들고 이를 다시 영어로 번역해서 회화를 하는데, 머리가 혼란스러워져 영어회화를 할 수 없게 된다는 것이다. 다음은 몇 분이라도 좋으니 가족들이나 친구들끼리 영어로 짧은 대화를 나눠보라고 충고한다. 돈이 좀 들더라도 한국인 강사와 외국인 영어강사 양쪽으로부터 회화를 듣는 것이 좋다고 조언했다.

… 중략 …

그는 아메리카인디언 거주 지역에서 생활했는데 인디언들이 생활고를 이기지 못해 하나둘씩 그 지역을 빠져나가자 로이 교수도 지난 1986년 한국으로 나와 자리를 잡았다.

[출처] [펌] e교육신문 아이들 눈높이에 맞는 영어 가르쳐요 2004. 8. 4. | 작성자 트리안

재혼 아내와
아들의 죽음

　에스더는 중국 북경대학교에서 선생의 영미문학 '로미오와 줄리엣' 강의를 듣는 학생이었다. 수강생 중에 좀 똑똑한 여학생일 뿐이었다. 선생이 서울로 돌아올 때 그녀의 전화번호를 받아올 필요를 전혀 느끼지 못했다. 한국으로 돌아와 한참의 시간이 지나고 S대에서 영어강사로 일을 하던 어느 날 학과 커피 미팅 때 에스더가 나타났다. 깜짝 놀랐다. 그의 강의를 듣는 학생 한 명이 에스더를 데리고 온 것이다. 그녀는 S대에 유학을 왔고 두 사람은 친구 사이였다. 선생이 이 대학에서 강의하는 줄도 모르고 친구 따라오면서 선생과 에스더 사이에는 두 번째 만남이 이루어졌다. '미국의 문화가 영미 문학에 미치는 영향' 연구생인 에스더는 영미 문학과 미국 문화에 대한 관심이 높았다. 그날 만남 이후 에스더는 선생의 영미문학 강좌에 나왔다.

　에스더는 중화인민공화국 하얼빈에서 중국인 아버지

와 한국인 어머니 사이에서 태어났다. 그녀는 영어가 유창했다. 한국어도 능했는데 그녀의 어머니가 한국인이어서 어릴 때부터 자연스럽게 해왔다. 선생은 영어밖에 못하는데 에스더가 3개 국어를 구사한다는 게 신기했다. 그녀가 두 혈통이라는 것은 매우 흥미로웠다. 본인이 중국계라고 말하지 않으면 그녀는 한국인이었다. 학과 내용과 관련된 멘토링이 이루어지면서 선생의 눈길이 먼저 에스더에게로 향했다. 에스더가 조금씩 선생의 시선을 의식하기 시작했다. 시간이 흐르면서 서로의 눈길은 로맨틱한 관계로 발전했다.

두 사람의 데이트 시간이 늘어났다. 선생은 베트남에서 프랑스계 아내가 자신의 부주의로 북베트남 저격수에게 목숨을 잃었다. 반세기가 흘렀지만 '나 때문에'라는 죄의식에서 자유롭지 못했다. 에스더는 공부벌레였다. 성격도 내성적이었다. 선생이 다섯 번 말하면, 그녀는 두세 번 말을 할까 말까 할 정도로 말수가 적었다. 선생은 자신과 에스더와 30년이 넘는 나이 차 때문에 주저하면서도 그녀의 고혹적이고 동양적인 매력에 푹 빠져들고 말았다.

에스더는 선생의 청혼을 열 번이나 거절했다. 열한 번

째 청혼에 비로소 승낙했다. 어렵게 에스더의 승낙을 받고 났더니 이번에는 그녀의 아버지가 반대했다. 그녀의 아버지는 기독교를 허락하지 않는 중국의 공무원으로 귀하디귀한 딸이 데리고 온 사윗감의 나이가 자신보다 많은 데다 크리스천이라는 것을 순순히 받아들인다는 것은 처음부터 기대하지도 않았다. 선생은 예상했던 일이라서 기다렸다. 그리고 1년이라는 시간이 흘렀다. '자식 이기는 부모 없다'는 한국 속담이 중국에도 통했다. 선생과 에스더는 2017년 가을 중국에서 결혼식을 올렸다. 결혼식은 단출했다. 하객 대부분은 아내의 친척들이었다.

결혼 후 두 사람은 한국으로 돌아왔다. 가정생활은 아내가 주도했다. 직장에서 주거 지원을 받고 저축을 할 수 있을 만큼 선생의 수입은 넉넉했다. 아내와의 나이 차이와 중국 사회 미국 사회에서 각자가 경험한 문화 차이, 식습관, 언어습관, 생활습관 등의 차이를 그는 충분히 이해했다. 되도록 아내 에스더의 뜻을 존중하고자 노력했다. 부부의 일과는 서울의 보통 가정과 비슷했다. 아침에는 남편이 서둘러 출근하고 아내는 학업을 계속했다. 강의가 없는 휴일에는 부부가 교회에 나가 영어학습 봉사활동을 했다. 저녁이 되면 신혼집 주방에는 맛있는 음식 냄새로 가득 찼다. 세계의 음식을 요리하고 맛보는 다문화 식탁을 차렸다.

식탁 위에 차려진 음식을 통하여 각국의 전통요리에 들어가는 식재료와 조리방법에 대한 의견을 주고받았다. 음식에서 시작한 식탁 대화는 결혼 전 함께 따로 여행지에서 보고 듣고 느꼈던 여러 국가의 언어와 의상 풍습 놀이문화 체험 등이 식탁 한가운데 자리 잡았다.

가끔은 각자의 이해와 견해가 논쟁으로 번져 가슴앓이를 하는 일도 있었지만 그것 역시 여느 신혼부부들이 경험하는 정도였다. 잠시 다투다가 바로 화해하는 식으로 풀어나갔다. 결혼생활이 주는 만족도는 높았다. 여름 겨울 방학에는 아내와 함께 여행 계획을 세우고 부지런히 휴가 경비를 모았다. 선생의 통장에 여행 경비가 충분하게 모였을 때쯤 중국의 만리장성 여행기획에 대한 아내의 의견을 듣기로 했다. 아내가 흔쾌히 동의했다. 그해 겨울 방학 첫날 부부는 베이징으로 갔다.

아내는 만리장성을 다녀온 경험이 몇 번 있지만 선생은 처음이다. 아내와 함께 세계에서 가장 큰 인공구조물 만리장성을 직접 내 눈으로 본다는 것은 경이로운 체험이었다. 북경 시내에는 만리장성 구경 온 인파가 상상을 초

월했다. 기원전 215년 진시황제 명령으로 성은 축조되기 시작했는데 공사 완공에 대한 기록이 없었다. 왕조가 바뀌면서 개축과 증축이 반복되면서 생긴 일이라고 했다. 중국인들이 성에 쏟아부은 시간과 노력은 가늠하기가 쉽지 않았다. 진나라 때 지은 성의 길이가 한나라 때보다 더 길어졌다. 앞 왕조에 비해 훨씬 더 견고했다. 지휘소와 봉화대 같은 군사시설은 진 시대에 만들어졌다. 현재의 만리장성은 17세기에 완성되었으며, 실제 길이는 1만 6000리나 된다는 사실에 선생의 입이 딱 벌어졌다.

'베이징을 제대로 느끼려면 신시가지보다 구시가지가 제격'이라는 아내 조언대로 부부는 구시가지로 들어갔다. 호텔 찾는 일은 어렵지 않았다. 대부분 관광객이 신시가지로 몰려갔다. 아내는 그 이유를 중국어와는 다른 베이징 언어 때문이라고 했다. 부부가 구시가지 시장거리를 지날 때 상인들이 웃으면서 연신 엄지 척하는 이유를 선생은 이해하지 못했다. 나중에야 부부가 주고받는 영어를 아내가 북경 언어로 통역해줄 때 중화인민공화국 사람들의 북경 언어에 대한 자부심이라는 것을 알았다.

다섯째 날 부부가 식당에서 아침 메뉴를 고르는데, 어린아이 두 명이 부부의 식탁으로 뛰어들었다. 선생은 거리에 놀러 나온 아이들로 생각했다. 아내가 그들에게 돈을 주었을 때, 선생은 처음에는 모른 체했다. 유사한 경우가 몇 번 반복되면서 아내에게 아이들이 왜 그러는지 물었다. 아내는 유기아동들이라고 했다. 남편이 제대로 이해를 하지 못한 것을 알고 아내는 저녁 식탁에서 그 아이들은 부모가 키울 여력이 없어 길거리에 버렸다는 것이다. '부모가 아이들을 길거리에 버리면서 갱스터가 된 아이들이 살아남기 위해 형들이 시키는 대로 소매치기와 도둑질을 배운 그 갱스터들 속에 선생 자신도 섞여 있지 않았던가.' 가슴 속 깊은 곳에 숨어 있던 비애가 목구멍을 타고 올라왔다. '헬렌 할머니라면 이 아이들을 어떻게 했을까.'

부부는 베이징에서 한주 더 보냈다. 선생은 한국으로의 출발을 앞두고 거리에 떠돌던 2명 아동에 대해 아내의 의견을 듣기로 했다. 아내는 남편의 관심사를 바로 이해하고 지역 관청에 가서 물어보고 오겠다더니 베이징시 고아원 담당자와 약속이 잡혔다. 부부는 이틀 후 약속된 날에 고아원을 방문하여 그곳 관리들에게 고아들을 후원하고 싶다는 뜻도 전했다. 담당자는 부부의 뜻을 이해했다. 선생 부부가 그 고아원으로 와서 아이들이 적응될 때까지 돌봐야 한다는 조건이 붙었다. 아이들의 건강과 적응상태에 따라 한 달 이상 걸릴 수도 있다는 것을 이해하고 부부는 후원을 약속하고 한국으로 돌아왔다.

부부는 베이징의 고아들을 서울로 데려올 준비를 하면서 영국 친구들에게 알렸다. 영국에서는 중국 아이들의 입양을 위해 일사불란하게 움직였다. 입양을 받아 줄 영국의 가정 찾기 아이들이 다닐 교육기관과 먼 후일 아이들이 대학에 들어갈 시기에 지급될 장학 규모 등이 논의되었다. 중국의 고아원에서 아이들을 데려가도 좋다는 연락이 왔다. 부부는 그해 여름방학은 중국에서 지냈다. 아내의 부모님이 베이징에서 살았기 때문에 고아들과의 유대는 순조로웠다. 여름방학이 끝날 때쯤 두 명 모두 서울로 데려왔다. 1명은 소녀였고, 1명은 소년이었다. 부부가 사는 아파트에서 두 아이는 3개월 동안 적응 기간을 거쳐 영국으로 보냈다. 이들 고아 두 명도 대학에 들어갈 때쯤 러브머니 계좌의 수혜자로 결정이 났다.

아내 에스더는 갓 서른 살을 넘겼다. 선생은 나이가 많기 때문에 아기를 갖는 것은 생각조차 하지 않았다. 선생에게는 베트남에서 돌아온 후 암 발병과 수술 재수술 전력까지 있다. 그가 앓았던 전신암은 '오렌지 에이전트

(Agent Orange)'가 원인이었다. 전시상황이어서 군 복무 중에는 쉴 시간이 거의 없기 때문에 술은 극히 제한적이었다. 쉬는 날에는 많이 마셨다. 미국 본토에서 고엽제는 큰 드럼통에 액체 상태로 화물선에 실려 베트남으로 운송되었다. 군인들의 손으로 드럼통들은 모두 보관 창고로 하역되었다. 상부의 지시대로 군인들은 드럼통 속에 든 액체를 비행기 날개에 갖다 붓고 나면 비행기는 공중에서 이 액체를 베트남의 밀림에 분사했다. 이 작업에 참여했던 군인들은 60% 알코올과 암을 유발하는 화학물질이 함유된 액체를 병이나 캔에 담아 와서 고주망태가 되도록 마셨다.

군 지휘부에서는 참전 임무를 마치고 귀국하는 제대군인들에게 5년 이내에는 아이 갖지 말라는 당부도 했다. 이 액체에 노출된 군인들은 3~5년 지나면 암이 발생한다는 정보도 떠돌았다. 선생 자신도 제대 후 전신암이 발병해서 암 치료에 많은 시간을 허비했다. 베트남전 참전군인 2세들이 장애아로 태어난다거나 원인 모를 질병으로 죽어가는 사례는 보도를 통해 익히 알고 있었다. 그러나 반세기라는 시간이 흐르면서 심각성은 희미해졌다. 선생 자신도 재발이 없으니 경계심이 무뎌졌다. 아내는 은근히 아기를 기다렸다. 남편이 베트남전 참전자라는 것은 알았지만 고엽제의 위험성은 알았다고 할 수 없다.

아들이 태어났다. 2019년 가을 젊고 아름다운 아내와 아들까지 얻으면서 선생이 어릴 적 겪었던 고통과 불행을 일시에 불식시켜 놓았다. 아들이 태어나고부터 평화롭고 소중하고 하루하루가 꿈을 꾸는 나날이었다. 부부의 일상은 아기 위주로 짜여졌다. 아이 방 안에는 요람이며, 아기 이부자리와 모빌, 아이 옷과 기저귀… 거실에는 유모차가 대기했다. 퇴근 후 현관문을 열면 저절로 맡아지는 아기 냄새는 괜히 기분이 좋았다. 육아에 전념하는 아내를 위해 한밤중에 기저귀 갈아주기 우유 먹이기는 그가 맡았다. 아기는 무럭무럭 잘 자랐다. 3개월 이후부터는 하루가 다르게 성장이 느껴졌다. 눈이 마주치면 큰 소리로 까르르 웃기도 하고 기쁘면 소리도 질렀다. 바닥에 엎드린 채 고개를 꼿꼿하게 들어올릴 줄도 알았다.

아내가 서울에서 출산했을 때 장모님이 산바라지 해주고 갔는데 장인과 장모한테서 '아기가 보고 싶다'는 전화가 빗발쳤다. 그해 12월 24일은 귀한 아기가 이 세상에 온 지백일 되는 날 예수 성탄 전야와 같은 날이다. 아내가 말했다. 백일의 백(百)은 꽉 찬 숫자 아기가 태어나 백일동안 탈없이 자란 것을 축복하는 날 아기가 성장을 시작하는 출발점이니 아들의 백일잔치는 가족이 많은 중국에서 하자는 것이다. 남편이 반대할 이유는 없었다. 서울의 학교와 학원들도 겨울 방학이었다. 새해 개강까지는 시간적으로도 넉넉했다. 선생 자신은 부모 형제 없는 고아였는데 처가에서 아기 백일잔치를 해주신다고 하셨으니 이 얼마나 좋은 일인가 망설이고 주저할 이유가 없었다.

선생은 아들의 백일잔치와 겹친 성탄절을 특별하게 보내기 위해 한 달 전에 베이징 시내 처가댁과 가까운 곳 호텔의 스위트룸을 예약했다. 천둥벌거숭이로 자란 자신과는 달리 아들에게는 외가를 온전하게 느끼게 해주고 싶었다. 12월 24일 이른 아침 아기와 아내와 함께 인천에서 베이징으로 가는 경사로운 여행길에 올랐다. 예약된 호텔에 짐을 풀었다. 선생은 축복받은 아빠였다. 아들이 있다는 게 자랑스러웠다. 영화 속에 나오는 미국의 아버지들처럼 성탄목으로 쓸 소나무를 사서 호텔로 옮겨왔다. 신기하게 바라보는 호텔 직원들에게 거실에다 성탄목을 세우는 이유와 성탄 선물을 가져올 산타를 위해 과자와 우유를 나무 아래에 놓아두는 미국의 성탄절 문화를 설명했다.

성탄의 기쁨 대신 눈물로 범벅이 되어버렸지만 처음이고 마지막이던 위탁모 집 거실에 있던 크리스마스트리가 잠시 떠올랐다. 수잔이 거실 한 귀퉁이에 있는 커다란 소나무에 크리스마스 장식을 하자고 해서 소년은 기분이 아주 좋았다. 수잔을 따라 소나무 가지에 솜꽃을 붙이고 솔방울을 매달고 있는데 수잔이 산타로부터 편지를 받았다고 하더니 이내 산타가 보낸 편지에는 소년이 자신을 부끄럽게 만들었기 때문에 성탄 선물을 줄 수 없다는 내용이 적혀 있다는 것이었다. 그날 밤 위탁모의 학대로 소년의 성탄절은 엉망진창이 되어버리고 말았다. '이 좋은 날에 하필이면 그때 일이 왜 떠올랐을까' 선생은 되도록 빨리 잊어버리고자 애를 썼지만 한번 떠오른 기억은 쉽게 지워지지 않았다. 아픈 기억 때문인지 아들과 함께하는 성탄의 기쁨 때문인지 가슴 밑바닥에서부터 형언키 어려운 슬픔이 밀려왔다.

'이 다음에 아들이 크면 이야기하리라. 성탄은 화려하지 않다. 성탄은 물질이 아니다. 성탄은 한순간 소리 없이 찾아올 수도 있다. 아빠의 성탄은 헬레나의 밤거리에서 만난 테디 베어가 그의 품에 왔던 그 순간이 바로 성탄이었노라.'

선생은 목이 메었다. 눈물로 성탄절 이브를 보낸 자신과는 달리 아들에게 멋진 추억을 만들어주겠다는 일념뿐이었다. 2시간 후에 이 가정에 어떤 일이 일어나리라고는 상상조차 하지 못했다. '나에게 이런 시간이 주어지다니…' 신의 축복으로 기나긴 방랑은 끝나고 안전하고 평화로운 집으로 돌아온 느낌이었다. 성탄절 아침에 아기가 눈뜨면 나무 아래에서 산타가 두고 간 선물을 발견할 것이라는 기대에 부풀었다.

성탄목에 장식을 달다가 잠깐 외출하고 돌아왔는데 아들의 얼굴에 열감이 느껴졌다. 차가운 물수건으로 아기의 얼굴을 닦아주자 열은 곧 가라앉는 듯했다. 마음 한구석에서 '하필 성탄절 이브에 아이가 아플까' 하는 의구심이 잠깐 스쳤지만 무시해버렸다. 주변에서 일어나는 사소한 일로 여태 경험해 보지 못한 즐겁고 성스러운 성탄이 망쳐진다는 건 생각하기도 싫었다. 트리 장식을 다시 이어 갔다. 줄 전구와 무드 등을 매달았다. 나뭇가지에 이리저리 오색 테이프를 걸었다. 선생은 옳은 일을 하고 있다는 자부심으로 가득하고 아기는 환하게 웃었다.

오후 3시 쯤에는 아기가 칭얼거렸지만 아기의 왼쪽 귀가 조금 빨갛다는 것 외에는 특이 사항은 나타나지 않았다. 성탄목 장식하느라고 아기가 자주 기침하고 열이 오르고 있다는 상황을 제대로 인지하지 못했다. 6시 무렵부터 아들의 귀가 선홍빛이 되어갔다. 기침도 자주 했다. 가래 끓는 소리도 들렸다. 호흡도 불안정했다. 모든 것이 나쁜 쪽으로 방향을 틀기 시작하는 느낌이었다. 아들의 상태에 대해 아내와 의논했다. 호텔에서 두 블록 정도 떨어져 있는 아내의 가족 주치의가 있는 병원으로 아기를 데려갔다. 의사는 아기에게 미열이 있다고 했다. 귀에도 약간의 염증이 있지만 그다지 걱정할 정도는 아니라고 말했다. 의사에게 처방전을 받아들고 약국으로 가서 기침약과 귀에 바르는 물약을 사서 호텔로 돌아왔다.

저녁 식사를 하고 나서 7시 30분 전후에는 아기의 상태가 다소 호전이 되는 듯했다. 열이 떨어지고 얼굴에는 생기도 돌았다. 선생은 아기를 베이비시트에 앉혀 아내가 성탄절 음식 준비를 하는 주방으로 데려갔다. 아빠와 엄마가 산타와 순록을 위해 음식준비를 하고 있다는 것을 아들에게 설명했다. 미국의 길거리에서 떠돌아다니던 소년이 아내와 아기와 함께 음식 냄새 맡으며 성탄준비를 하다니! 이보다 더 큰 축복이 어디에 있을까. 가족들과 멋진 크리스마스를 보내고 싶다는 선생의 간절한 소망이 실현되었다. 선생 자신이 겪은 고통과 꿈을 아내가 이해해준다는 사실에 그저 감사할 뿐이었다.

물수건으로 아이 몸을 닦아 주고 옷도 갈아입혔다. 품에 안았다. 아기 냄새가 달달했다. 아내도 아이도 행복하고 모든 것이 행복하게 보였다. 아직 알아들을 나이는 아니지만 산타를 기다리는 아기 눈빛으로 아빠와 엄마 목소리로 고요한 밤 거룩한 밤의 역사를 구연했다. 성탄목 아래 과자와 우유가 놓이면서 성탄 준비는 끝났다. 아내가 특별한 날을 함께 하는 비디오를 찍자고 해서 OK 했다. 장인 장모님은 손자와 함께 비디오를 찍는 행사를 위해 이웃들까지 대동해서 왔다. 언어도 다르고 문화도 다르지만 그날 그곳의 모두는 서로 사랑하는 우리 가족이었다.

비디오 녹화를 마쳤을 때 아빠 품에서 아기는 깊이 잠들어 있었다. 어른들은 서로 서로 축복하고 작별인사도 나누었다. 아기는 요람에다 눕히고 수면을 위해 알람도 껐다. 아기의 숨소리는 안정적이었다. 불길한 예감도 없었다. 평온하였다. 선생은 거실 청소하고 난방 히터도 확인했다. 새벽 4시쯤 일어나서 점심 식사용 칠면조를 오븐에 넣을 일만 남겨두었다.

아기는 보통 밤에 두 번 정도 깨는데 아빠가 우유 먹이고 기저귀 갈아주면 잠이 들었다. 선생은 밤 11시쯤 아기 방으로 가서 기저귀 갈아주고 이불자락 올려 덮어주고는 방으로 돌아와서 침대에 누웠다. 잠이 들 듯 말 듯한데 무슨 소리가 들렸다. 신음도 기침 소리도 아니었다. 익숙하게 듣던 아기 소리가 분명 아니었다. 선생은 본능적으로 자리 박차고 일어나 아기 방으로 갔다. 아들의 얼굴은 새빨갛게 변해 있었다. 체온계를 아기 겨드랑이에 끼우려고 하는데 아기의 팔이 뻣뻣했다. 체온계가 38.7도(화씨 101도)를 가리켰다. 상태가 심각하다는 것을 직감했다. 아기가 구토를 했다. 무서웠다. 아내를 불렀다. 부부는 아기를 세면실로 데려가서 씻겼다. 아기는 아내가 돌보고 아빠는 병원으로 갈 채비를 했다.

호텔 측에서 부른 병원 앰뷸런스가 왔다. 대학 병원까지는 십 분도 안 걸렸다. 구토는 멈췄지만 아기의 호흡은 매우 거칠었다. 체온도 아주 높았다. 의료진들이 우르르 뛰어나와 재빠르게 아기를 응급실로 옮겼다. 하얀 가운을 입은 의료진들이 아기를 에워싸는 모습이 마치 구원의 천사처럼 느껴졌다. 간호사가 수술대 위에 아이를 눕혔다. 생후 3개월짜리 여린 몸에 의료 기기들이 주렁주렁 매달렸다. 머리맡에는 인공호흡기와 인큐베이터가 놓였다.

선생은 침착해지려고 애를 썼지만 눈앞에 펼쳐지는 광경에 조바심이 났다.

수술 이외 대안이 없다는 것과 아이가 죽을 수도 있다는 생각이 들었다. 주름살 많고 깊숙한 눈매에 노련함이 묻어나는 의사가 다가왔다. 수술 방으로 아기를 옮기겠다는 말에 심장이 멎을 것만 같았다. 그 자리에 털썩 주저앉아버렸다. 의사가 다가와서 선생의 어깨를 붙잡아 일으켰다. 아기를 위해 최선을 다하겠다는 것이다. 선생이 침대 곁으로 다가서자 아기가 잠시 눈을 떴다. 시선이 마주쳤다. 입술도 조금 움직였다. 귀에 들리지는 않았지만 아빠! 부르는 것 같았다. 아기의 눈은 힘없이 감겼다. 다시는 깨어나지 못했다. 그해 성탄절 이브에 아들은 신의 품으로 돌아갔다.

의사는 아들의 직접적인 사인은 뇌출혈이라고 했다. 뇌에 생긴 심한 출혈로 인해 생존에 필요한 심박동이나 폐 기능이 망가져 죽음에 이르렀다는 것이다. 어이없이 자식을 죽음의 세계로 떠나보내면서 할 수 있는 게 아무것도 없었다. 울음도 나오지 않았다. 넋을 놓아버린 부부 대신 아들의 장례식은 처갓집 식구들이 맡았다. 아이의 유골은 베이징 외곽에 있는 처갓집 가족 묘지에 묻혔다. 아내의 부모님을 따라온 마을 할머니와 할아버지들이 선생 부부를 보살폈다. 그들은 장례식이 끝날 때까지 함께 했다.

"내가 우리 아기 돌봐야 해."

아내는 입버릇처럼 중얼거렸다. 아내의 절망은 깊을 대로 깊었다. 장례식 후, 선생은 서울로 돌아왔지만 아내마저 잃을지도 모른다는 예감이 떠나지 않았다. 아내도 서울에는 한사코 가지 않겠다고 하고 서울에는 돌봐 줄 사람이 없었다. 당분간 부모님이 계시는 중국에 두는 것이 더 나을 것 같았다.

반세기 전 베트남에서의 악몽이 떠올랐다. 저격수에 목숨 잃은 프랑스계 아내의 죽음도 그녀의 신변 보호에 소홀했던 선생 자신의 불찰이었다. 늦게 얻은 아기 금쪽 같은 내 새끼의 죽음도 그의 혈관 속을 타고 흐르는 고엽제가 원인인데 더 이상 무슨 설명이 필요하겠는가. 카톡이나 전화로 하루에도 몇 번씩 아내와 통화는 했는데 신호는 가는데 받지 않으면 가슴이 철렁 내려앉았다. 곧바로 장인 장모님께 전화 드렸지만 두 분은 영어 모르고 선생은 중국어 모르니 언어의 장벽도 높았다. 주말에는 베이징으로 날아갔다. 아내가 조금씩 안정되어가는 듯했지만 불안했다. 아내는 아예 말이 없었다. 식음까지 전폐했다. 위험이 느껴졌다. 장모님이 지극 정성 다해서 돌봐주셨지만 그녀의 슬픔과 고통 해결에는 이르지 못했다.

서울에서는 낮 시간에 아내 혼자 두어야 한다는 부담 때문에 데려올 수도 없었다. 일이 손에 잡히지 않았다. 금방이라도 무슨 일이 닥칠 것만 같았다. 선생은 하루하루 겨우 이겨내고 있었다. 아니나 다를까 아들이 떠나고 3개월 못미쳐 장인어른이 딸의 혼수상태를 전해왔다. 수면제 과다복용이었다. 아내는 일주일 정도 겨우 버티다가 영원한 잠 속으로 빠져들고 말았다. 2020년 3월 15일의 일이다. 아내의 유해는 아들 곁에 묻혔다.

반려견 거스가 슬픔과 외로움 속 선생을 지켰다. 한국의 누구는 말동무가 되어주었다. 누구는 산책길에 동행도 하고, 누구는 함께 요리도 하고 식사도 하며 폴은 설거지와 집안 청소를 도맡았다.

<모든 부모들에게>

주가 말하였다.

내가 너에게 잠시 동안 내 아이들 중 한 명 보내

주리라.

너는 그가 살아있는 동안 사랑하고 그가 죽었을 때 슬퍼하리라.

그건 6년 또는 7년이 될 수도 있고

22년 또는 23년이 될 수도 있다.

그러나 내가 그를 다시 부를 때까지

나를 대신해서 그를 돌봐줄 수 있니?

그는 너를 기쁘게 할 만한 매력을 가지고 갈 것이다.

그의 머무름이 짧다면 나는 너에게

너의 슬픔을 위로할 아름다운 추억을 줄 것이다.

모든 것이 지상에서 돌아오므로

그가 오래 머물 것이라고는 약속할 수는 없다.

그러나 나는 이 아이가 그곳에서 배웠으면 하는 교훈이 있다.

나는 진실한 교사를 찾아온 세상을 살펴보았다.

수많은 사람 중에 너를 선택하였다.

이제부터 너의 모든 사랑을 그에게 주어라.

내가 그를 다시 부를 때

그 노고가 헛되다고 생각하지 말고

나를 원망하지도 말라.

사람들은 다음과 같이 말할 것이다.
주여 그대의 뜻이 이루어지소서.
그대의 아이가 가져온 기쁨을 맛보고
우리가 맞이할 슬픔을 감내할 수 있도록 하소서.
저희는 아이에게 부드러운 안식처를 제공할 것이며
우리가 할 수 있는 동안 그를 사랑할 것입니다.
그리하여 우리는 행복을 알게 되며 영원히 감사할
것입니다.
하지만 천사들이 우리가 계획했던 것보다
일찍 그를 데려간다면
우리는 쓰디쓴 비애를 용감히 맞서며
당신의 뜻을 이해하려 애쓸 겁니다.
(로이)

아내와 아들의 죽음과 시차 3개월의 궁금증이 모두 해
소되었다. 선생이 한국에 온 이유와 살아온 햇수 이름과
나이도 저절로 알아버렸다. 그의 어릴 적 도주로도 확연

해졌다. 플로리다에서 샌프란시스코로 가는 화물열차를 타고 호보들의 잡담에 귀를 내주던 도망자 소년처럼 몬태나 보육원과 뷰트 소년원에서의 생활과 위탁모 수잔의 학대와 홀딩센터에서 기절한 사연도 들었다. 갱스터들의 도둑질과 소매치기 시연도 보았다. 칼 든 강도 놈을 데려다 먹이고 입히고 정직한 삶의 길을 열어주신 헬렌 할머니 이야기, 베트남의 화재진압 현장, 러브머니 계좌, 선생의 인생 무대에서 열연했던 아내들의 역할도 이해했다.

폴이 할 얘기가 더 남았다고 했다. '거짓말하고 뺨 맞는 거 보다는 나을 거라'는 한국판 우스갯소리 때문에 일어나다 말고 다시 앉았다. 선생은 꿈에 대한 해석 경험이 있느냐고 물었다. 나는 선명하게 기억나는 꿈을 기록하는 습관은 있는데 상징성에 대한 해석에는 역량이 되지 않는다고 했다.

폴과 함께
꿈 속 메시지 읽기

　폴(Paul S. Bach)은 뉴펀들랜드에서 영어선생의 절친 제럴드 소개로 만났다. 선생보다 먼저 메모리얼 대학을 졸업했다. 졸업 후에는 각자의 길에서 필요하면 만나고 헤어지며 한국까지 왔다. 원어민 영어학습전문가가 필요한 한국 대학들의 현실과 강사 자리가 필요했던 폴의 요구가 맞아 떨어져서 오게 되었다. 선생이 불러들인 거나 마찬가지다. 폴도 선생처럼 ESL 영어학습 전문가다.

　"폴 당신이 빌라도의 입장이었다면 어떻게 할 것 같소?"

　창밖 어둠을 응시하며 서 있는 폴의 뒤통수에다 대고 선생이 물었다. 빌라도가 아내 말을 존중하여 왕명은 어기고 예수를 풀어줬을 때 어떤 평가를 내릴 것인지 폴의 생각을 듣고 싶다는 것이다. 듣자 하니 신약성서에 나오는 빌라도 아내의 꿈 이야기였다. 대화의 흐름 상 예수시대 로마법정과 관련이 있고 두 사람이 계속 논쟁을 이어왔는데 결론 못 내고 다시 시작한 것으로 보였다.

폴이 지적한 대로 영어선생은 이야기를 장황하게 늘어놓는 편이다. 듣다가 보면 지루한 느낌도 들고 한마디 한 단어로 족한데 설명이 지나치게 길다는 생각도 들었다. 그렇지만 어떤 결론에 이르기 위해 질문과 예문 두루 동원하는 선생 특유의 대화 방식으로 이해했다.

선생은 빌라도와 예수는 로마 법정에서 만나기 전부터 아는 사이라는 성서학자들의 주장을 인용했다. 그는 빌라도의 아내가 예수 가문의 일원이라거나 유대교 개종자 혹은 예수의 추종자라는 주장에는 관심이 없었다. 꿈속에 나타난 예수한테 클라우디아가 겪은 어려움이나 고통에 대해서도 확실한 기록이 없기 때문에 선생 자신이 '견해는 필요 없다'였다. 다만 빌라도가 예수에게 형벌 줄 것을 알고 클라우디아가 예수를 구해낼 궁리를 했다는 점은 높이 평가하고 싶다는 것이다.

선생은 예수 시대 팔레스티나도 남성 우위 사회라고 했다. 남편의 일터에 아내가 직접 찾아가도 될 정도로 여성들에게 열린사회가 아니었다는 것이다. 그런 시대였는데도 클라우디아가 자신의 꿈속 메시지 전달자를 찾아냈다는 점과 남편에게 전해달라고 부탁하는 지혜와 용기를 칭찬했다. 빌라도가 전달자에게 들은 아내의 꿈 이야기와 예수의 일에 관여하지 말라는 메시지를 접했을 때 빌라도의 태도와 자세를 묻는 질문인데 빌라도의 처신에 대한 선생의 견해는 내놓지 않았다. 폴의 견해는 사뭇 달랐다.

"빌라도는 빌라도대로 고민이 컸을 거요. 아내의 말을 들어주자니 자신이 위험하고, 아내의 말을 개무시하자니 집에서 쫓겨날 것 같아 마음이 착잡했겠지…"

폴은 나쁜 결정이든 좋은 결정이든 고민 끝에 내린 결정에 대해서는 누가 왈가왈부할 수 없고 결과에 대한 책임은 그 사람의 몫이라고 했다. 가정법을 앞세워 '의인, 악인, 나쁜 놈, 좋은 놈'으로 설명한다는 것에 찬성할 수가 없다는 것이다.

선생은 꿈은 꿈일 뿐이라는 폴의 견해에 동의하지 않는다고 했다. 개꿈에도 메시지와 상징성이 있기 때문에 꿈속 메시지를 삶에 활용할 필요가 있다는 것이다. 꿈속에 등장하는 인물들의 움직임과 대화에서 느껴지는 상징성과 의미가 선생의 강의에서 자료와 예문으로 활용되는 경우가 많고 꿈에 대한 분석이나 해석이 미비하거나 부족하다고 느껴지면 신구약성서에서 답을 찾는 버릇이 있다고도 했다.

사실, 선생이 들려준 이야기에는 꿈에 대한 내용이 많다. 어린 도망자 시절 카드보드 상자 안에서 잠들었을 때 곰 인형 테디가 전해준 '아버지가 널 지켜보고 있다'는 꿈속 메시지는 그에게는 등대요 나침반이었다. 두 번째는 위탁모가 자신을 외삼촌에게 보낸다는 말을 듣고 손이 잘려나가는 꿈을 꾸고 위험이 닥칠 것 같은 예감으로 불안에 떨며 몸조심해서인지 현실에서 재연되지 않았다. 시카고에서 갱단 탈출을 망설일 때 꿈속에 등장한 수잔에게서 받은 기차표 한 장이 탈출의 신호탄이 되었다. 선생은 기차표가 갖는 메시지 읽기에 실패했다면 갱단에 주저앉아버렸을지도 모른다고 했다.

갱단에서 나온 열다섯 살 전후 소년이 잠자는 공간은 야간 화물열차 의자 밑 좁은 공간이었다. 기차가 멈춘 곳에서는 주유소 화장실이나 폐건물에서 잤다. 이불도 없고 베게도 없는 수면 환경 때문인지 어릴 적에 경험한 경찰서와 홀딩센터 꿈을 자주 꾸었다. 꿈속에 등장하는 인물들이나 배경은 대부분 비슷하다. 소년은 늘 경찰관 앞에 앉아있었다. 울 때도 있고 가끔은 경찰관의 시선을 피해 창밖을 바라보기도 했다. 경찰관이 묻는 말의 의미를 몰라서 누군가에게 물어보려고 고개를 돌렸는데 주위에 앉아있던 사람들과 타자수의 시선이 소년에게로 쏠렸다. 미소 짓거나 안타까운 표정으로 바라보던 이들과 눈이 마주치는 순간 그들의 표정은 언제 그랬냐는 듯 싸늘했다. 위탁모 수잔도 학교 간호사 메리도 낯선 사람이었다. 낭패감이 밀려왔다. 한숨이 나오는 가운데 애원도 울음도 소용이 없다는 생각이 들면서 길거리 생활에서 울지 않는 소년이 될 수 있었다.

선생은 수족관 꿈을 자주 꾼다. 배경이나 순서는 뒤죽박죽이고 어디서부터 시작되었는지 설명하기는 어렵지만 꽤 여러 번 비슷한 내용의 수족관 꿈을 꾸었다. 장소는 어릴 적 헬레나에 있는 위탁모의 집 거실이라는 공통점이 있다. 수족관은 물고기로 가득하고 호화스러웠다. 어종도 다양했다. 색깔이나 크기 생김새도 제각각 고기들은 서로 부딪치지 않았다. 이종이네 동종이네, 피부색이 같네, 다르네, 크다 작다 따지지 않고 서로 부대끼며 협력하며 살아가는 가족이었다. 선생은 거듭 수족관 꿈을 꾸면서 어류생태에 관심을 갖기 시작했다. 어류들의 생태 연구에 시간과 노력이 더해지면서 선생 자신의 교차 문화 강의가 풍부해진다는 느낌이 들었다.

'토르'라는 거북이 꿈은 헬렌 할머니 댁에서 살던 시절에 꾼 꿈이다. 그날 선생은 큰 할머니와 함께 리조트 대청소를 했다. 건물 외벽에 페인트칠하기 배관 점검과 보수로 매우 분주하게 하루를 보냈다. 밤늦게 잠들기 전에 잠깐 TV에서 뉴스를 보다 말고 잠이 들었다. 꿈속에 수족관이 등장할만한 단서는 아무것도 없었는데 꿈속에 수족관이 등장했다. 수잔의 집 거실이었다. 수족관의 물고기 무리 속에 선생의 손 크기 토르 한 마리 떠 다녔다. 토르한테 시선이 닿았다. 몸이 커서 수족관살이가 버거울 것 같다는 생각만 했지 별다른 느낌은 없었다. 꿈에서 깨어났을 때도 약간 몽롱했다. 리조트 청소에 수고했다며 큰 할머니가 갖다 준 와인 때문일 거라 생각하고 잊어버렸다.

후일 필리핀의 해변에서 양쪽 발목에 감긴 끈 때문에 오도 가도 못 하는 거북이를 보는 순간 꿈속 토르가 떠올랐다. 얼른 주머니에서 비상용 잭나이프를 꺼냈다. 모래밭에 꿇어앉아 발목과 발가락에 감겨 있는 끈을 잘라주는데 어느 순간 거북이와 눈이 마주쳤다. 아주 잠깐이지만 장차 아내가 될 사람의 눈이라는 느낌에 사로잡혔다. 바다로 기어들어 가는 거북이 뒷모습에서 '전쟁터에 온 놈의 부질없는 생각'으로 털어냈다. 그런데 2년 후 사이공 야전병원 간호사 라이 탐의 눈매에서 그때 거북이 눈을 기억해냈다. 라이 탐에게 결혼 약속을 받아낼 때 거북이 발에 감긴 끈을 칼로 잘라주던 그때처럼 한쪽 무릎을 꿇고 프러포즈했다는 선생의 말에 폴이 싱글거리며 끼어들었다. 친구의 엉뚱하고 개인적 체험이어서 논하고 싶지 않지만 꿈속에 등장하는 인물의 표정과 동작을 기억하고 현실에 활용하는 재주가 기네스북 등재감이라고했다.

수족관 꿈에서 접한 '물고기들의 상생과 협력'을 다문화 가족의 공존과 연계시켰다. 분석하고 연구하다 보니 다문화 가정은 서로 인정하고 존중해야 한다는 것과 문화 차이 극복은 상호 협력이라는 철학적인 사유로 정립이 되었다는 것이다. 물고기꿈의 표상에서 이론을 정립하고 발전시키면서 미국 친구들한테서 '미국인의 시선으로 세상을 바라보지 않는다'는 말을 들을 때 기분이 좋다.

선생에게 꿈은 꿈에서 끝나지 않는다. 현실에서 유사하게 재연되는 경험을 한다. 재연은 꿈을 꾸고 난 바로 다음날 이루어질 때도 있지만 상당한 시간이 흘러 잊어버리고 있었는데 난데없이 재연되는 경우도 있다. '다문화적인 사람 찾기'가 그 경우다. 소년은 열두 살이다. 엄마 말씀에 순종하는 아이다. 꿈속에서 엄마 수잔을 따라 마을 공동체로 갔다. 수잔은 마을 공동체 사람들과 함께하는 '가장 다문화적인 사람 찾기'놀이라며 소년에게 그런 사람을 찾아보라고 했다.

스토리 전개나 장면 이동이 지나치게 빨라 등장인물들의 얼굴은 뚜렷하지 않다. 수잔이 자신을 학대할 때 물건 찾기 체벌 생각이 났다. 어두컴컴한 지하실로 내려가는 일이 아니라서 안도했다. 마을 공동체 낯익은 공간에서 수잔이 요구하는 사람을 찾으려고 애썼지만 소년은 가장 다문화적인 사람은 찾지 못했다. 수잔한테 물건 찾기 체벌을 받으며 학대당하던 현실과 달리 꿈에서는 체벌도 학대도 없었다. 그런데 소년은 알코올 중독자 비누로 목구멍까지 막아놓던 여자 나무 주걱으로 정수리를 사정없이 내려치던 그 여자를 외치다가 잠이 깼다.

선생은 한국에서 다문화적인 도시 찾기와 중심 문화의 특성 설명하기 대륙별 가장 다문화적인 나라 찾기와 중심 문화 설명하기 강의를 해왔다. 이 강의는 '가장 다문화적인 사람 찾기' 꿈에서 차용했다. 영어학습자의 긴장을 풀어주고 지루한 분위기 환기 목적으로 접목시켰다. 학습자 눈높이 기획인데 참여도와 호응도가 매우 높다. 다문화 다인종 다국적으로 연결되는 학습 효과도 있다. 선생은 이 강의를 진행하면서 위탁모에게 당하던 체벌의 종류와 방법 등으로 '위탁모 수잔의 내면 연구'로 확장시켰다.

한국살이 초기에 선생은 언어 문제와 문화 차이에서 받는 스트레스를 해소하기 위해 꽃밭 가꾸기를 시작했다. 작은 꽃씨가 싹 틔우고 꽃 피우는 과정에서 스트레스 해소를 경험하면서 이웃이나 지인들에게 꽃 선물도 하게 되었다는 그의 이야기를 듣다보니 우리 집에 있는 화분들 생각이 났다. 딸아이가 바빠서 보낸 사람도 모르면서 관리는 내 차지가 되었는데 꽃말 꽃의 특성 물주기가 적힌 푯말꽂이에서 느꼈던 '식물에 대한 이해 깊은 사람'이 바로 영어선생이었다.

"스트레스 해소에는 여행도 있고 쇼핑과 운동도 있는데 왜 꽃밭이었을까요?"

내가 물었다. 선생은 서울 생활 초기에 쓴 일기장을 뒤적거리더니 수잔이 정원을 가꾸는 꿈을 꾼 그 다음날 꽃씨를 사온 것으로 적혀 있다고 했다. 그날은 그녀가 봉사활동도 하지 않고 마을 공동체에 나가지 않고 정원 돌보기와 꽃밭 가꾸기 하는 날이다. 수잔에게는 중요한 날이라는 걸 소년도 알았다. 그녀가 무슨 심부름을 시킬지 몰라서 정원에서 놀았다.

정원에서 무슨 놀이를 했는지는 기억나지 않지만 꽃이 사람처럼 이름이 있다는 것에 놀라고 수잔이 그 많은 꽃의 이름을 다 알고 있다는 사실에 한 번 더 놀랐다. 선생의 일기장에는 정원에 있는 나무들의 웃자란 가지와 마른 가지를 잘라 주는 수잔의 솜씨에 대한 소년의 경이로움이 적혀 있었다. 그가 친구나 지인들에게 선물하는 꽃다발이나 화분에 꽂아 보내는 메모 내용이 수잔과 흡사해서 그의 삶 속에 차지하는 위탁모의 비중을 실감하게 된다고 했다.

선생은 음악 분야에는 자칭 문외한인데, 서울에서 초등학교 영어학습 시간에 아동들과 신나게 율동 한 후에, 대학에서 영미문학 강의 후에 느껴지던 아쉬움! 그것이 소리와 리듬에 대한 자신의 이해 부족에서 온다는 것은 알았지만, 극복하고 개선하는 방법은 알지 못해서 답답하게 지내는데 어느 날 수잔이 꿈속 거실에서 요리하면서 틀어놓은 LP판 음악에 매료되고 말았다. 바로크 시대 음악인지 현대 음악인지 모르지만 말로는 설명되지 않는 고통이 사라지는 깊은 위로였다. 꿈속에서 듣게 된 선율이 생시에도 오랫동안 선생의 귓전에 맴돌았다.

'누구의 곡인지 제목이 무엇인지 알아나 보자' 유튜브

에서 검색하며 듣기에 열중했는데 꿈속에서 들었던 선율이 모차르트 클라리넷 협주곡(K 622)이었다. 그날부터 선생은 모차르트 마니아가 되었다. 취향은 확장되어 재즈 음반 구입도 했다. 멕시코 빈민가 이야기 '산체스의 아이들' 영화도 보고 영화 음악의 가치도 새롭게 이해했다. 십여 년 전 시카고에서는 빠듯한 일정을 쪼개 볼룸댄스도 배웠다. 배우는 것으로 끝내지 않고 무도회장에 가서 일면식도 없는 사람들과 어울려 베이스기타 리듬 따라 플로어를 누볐다는 선생의 말에 폴이 그냥 넘어가지 않았다.

"꿈 한 자락 갖고 그 정도로 우려먹었으면 음악 감독 찾는 미국 교회에 적응하지 못해 추락했던 자존감이 보상받은 것이라 해도 되지 않을까?"

선생이 소년 도망자로 살던 시대는 미국의 철도가 암트랙으로 통합되지 않았다. 도주로는 야간 화물열차였다. 늦은 밤에는 역 근처 마을 어딘가에 숨었다가 이른 새벽 화물열차에 뛰어 올랐다. 소년은 도보로 걷다가 히치하이킹도 하면서 샌프란시스코까지 갔다. 어렵게 도착한 샌프란시스코의 첫 인상을 선생은 지구 밖 행성으로 표현했다. 그 표현이 적절한지 폴에게 물었다.

"지구 밖 행성에서 문화의 다양성과 사회 공동체가 지

향하는 나의 것이 아닌 우리 모두의 것에 대한 경험과 마이애미와 탬파에서 땀 흘려서 번 돈의 가치를 잊지 않고 베트남 땅에서 러브머니로 승화시켰다는 것은 꿈속 메시지의 건강한 해몽으로 평가해도 좋을 것 같소?"

폴의 우호적인 평가에 아이처럼 좋아하는 선생의 얼굴에 아홉 살 베이비 브라운이 느껴졌다.

"폴! 수잔이 꿈속에서 준 기차표를 내가 무시하고 '갱똘마니'로 시카고 갱단에 그냥 눌러앉았더라면 어떻게 되었겠소?"

폴은 선생의 질문이 질문 같지 않았는지 못들은 척했다. 뒤늦게 생각이라도 난 듯 퉁명스럽게 대꾸했다.

"그야 갱똘마니로 온갖 못된 짓하다가 죽었겠지. 좀 일찍 철이 들어서 갱단에서 빠져나올 수 있었던 당신의 용기에 나는 늘 박수치잖아 이렇게 짝짝~"

폴은 박수를 쳤다. 폴을 따라 거스가 앞발로 박수치는 시늉으로 동참하면서 웃음꽃이 피었다. 폴은 60년대 북미 대륙 갱들의 평균 수명이 29세라고 했다. 영역 다툼에다 마약과 밀매 계파싸움으로 시카고 전역을 범죄 소굴로 만들어놓던 갱스터에 대한 그의 비판은 날카롭고 신랄했다.

선생과 폴의 묻고 답하기는 장난삼아 때로는 진지하게 이어졌다. 폴은 질문도 대답도 간결하다. 장난기가 느껴지는 반면 선생의 질문은 길다. 대답도 장황하고 진지하다. 결론이 나지 않는 대화 대안이 없는 논쟁 그렇다고 무의미하게 흘려들을 수 없는 이방인들의 소통 방식을 구경하는 재미도 있었다.

　"폴! 내가 감각운동기에 느꼈던 밝고 따뜻한 그 세계를 무시하고, 카인의 이마에 새겨진 신의 징표 같은 것으로 인식하지 못했다면, 나는 어떻게 살았을까."

　"나 폴 세바스챤 못 만났지 거스도 못 만났고 김 작가도 만나지 못했지 뭐. 또 말해봐."

위탁모 집에서
도망치지 않았던 이유

폴이 거스와 야구공 놀이를 했다. 거스는 폴이 던진 공을 입과 발로 몰아오고 폴이 다시 거스에게 던져주는 놀이였다. 공놀이에 빠져있던 폴이 선생에게 물었다.

"이봐 내 친구, 당신은 보육원에서 몇 차례나 도망쳤잖아. 보육원에는 보는 눈이 많아, 위탁모는 한 명이니 따돌리기가 식은 죽 먹기잖아, 그런데 왜 도망치지 않았어?"

폴의 표정에는 답하고 싶으면 하고 싫으면 하지 말라는 표정이었다. 폴은 다시 거스와 공놀이에 열중하고 선생은 기억이 나지 않는다며 투덜거렸다. 푹푹 한숨도 쉬고 눈도 깜박이고 아이구 아이구도 몇 번 하더니 위탁모 수잔한테서 도망치지 않았던 이유를 설명했다.

"헬레나 경찰서 사회복지사가 수잔에게 나에 대한 양육 의사를 물었을 때 그녀가 거절했다면 사회복지사는 다른 가정에서 위탁모를 찾았을 수도 있고 나를 다시 보육원으로 되돌려 보낼 수도 있었소. 흐릿하게 떠오르는 기억이지만 그날 수잔의 양육 의사는 아주 분명했소."

보육원에서 공동생활하던 아이가 위탁가정에 와서 '나의 것, 나의 공간 나만의 자유'와 직면한 변화는 놀라왔다. 소년에게는 숙제 봐주는 엄마 학교에 가져갈 준비물 챙겨주는 엄마 아침마다 새 옷으로 갈아 입혀주고 도시락 싸주는 엄마가 있었다. 아름다운 엄마 친절한 엄마와 함께 사는 꿈이 이루어졌으니 도망칠 필요가 없었다.

선생에게는 수잔의 갖은 체벌에도 대들거나 반항했던 기억이 없다. 거울 치료 방구석 치료 헬리콥터 치료까지 하라는 대로 다했다. 처음에는 수잔이 왜 그런 체벌을 하는지 이유를 몰랐다. 나중에는 자신이 무언가 잘못했기 때문에 벌을 받는 거라고 믿게 되었다. 수잔과 헤어진 직접적인 원인이 아동학대인데도 자신의 고자질 때문이라고 생각했다. 수잔이 마을 공동체로부터 받은 상장이나 감사패로 보면 선생의 판단 오류일 수도 있고 알코올 중독자가 되기 전 그녀의 모습이 더 크게 느껴진다는 말에 폴이 버럭 했다.

"정신 차려 이 친구야, 당신이 말하는 엄마는 몬태나주 정부에서 지급하는 돈 받고 오갈 데 없는 고아들을 잠시 돌보는 위탁모일 뿐이야. 위탁 기간도 길지 않았어. 그녀가 어린 너에게 단 한순간이라도 살갑게 군 적이 있는가 말해 봐. 말 한마디 따듯하게 건넸던 적이 있었다면 말해 봐. 학대만 일삼다가 학교장의 개입으로 위탁생활이 종지부 찍었단 말이야. 그런 여자에게 마미 마미~ 하는 당신을 이해할 수가 없어."

폴은 선생의 삶에 여성들의 역할이 적지 않았다는 것은 인정했다. 헬렌 할머니의 사랑과 헌신 베트남에서 비명에 죽어간 프랑스계 아내 라이 탐 재혼한 중국계 아내 에스더를 기억하고 그리워하는 것은 당연하다고 했다. 다만 위탁모 수잔에 대한 선생의 태도에는 공감하지 못한다며 이제는 마음에서 내려놓으시라 폴은 진심으로 당부했다.

러브머니 회원들의
근황

베트남의 포연 속에서 선생이 아내와 함께 시작한 러브머니의 현 주소가 선명하지 않았다. 선생은 하나님과의 약속이라며 설명을 아꼈다. '내가 너에게 베푼 친절 남에게 말하면 하나님이 화내신다'는 헬렌의 어록으로 버티는 모습을 옆에서 지켜보던 폴이 '밝힐 수 있는 것만 밝히자'로 정리해줬다. 초기 수혜자들은 학자 법률가 의사 등 대부분이 전문직에 종사하면서 유기 아동 양부모 찾아주기 릴레이는 이어지고 있었다. 한국의 유기 아동 입양도 구호기관에서 요청이 올 때만 한다는 것을 알았다. 2001년 선생이 영국 가정에 입양을 보냈던 소녀는 내년 6월 영국의 케임브리지 대학교를 졸업한다. 그녀도 대학 졸업 후에 이 릴레이를 계속하겠다는 의사를 밝혔다. 친부모의 학대로 어릴 적부터 교회 시설에서 지내 온 사무엘은 집중력 장애다. 10여 년 넘게 러브머니 후원받으면서 학교에 다녔고 3년 전 대학을 졸업했다. 서울 E영어전문학원에서 영어강사로 일하다가 올 8월 말 관심사였던 IT 관련 공부하러 뉴펀들랜드 메모리얼대학교로 유학 갔다.

또 한 명 한국 소년 데이비드는 유기 아동이다. 다운증후군 장애아로 교회시설에서 생활한다. 특수학교 재학생으로 러브머니 수혜 대상자다. 장애 때문에 모든 게 더디기는 하지만 장래는 어둡지 않다. 러브머니 후원 초기 동참자들은 대부분 이 세상 사람이 아니다. 지금 회원들은 '커다란 채석장에 작은 조약돌에 불과하다'는 의견을 보내왔다. 그들의 뜻을 존중하기로 했다.

2021. 01. 31. 겨울 늦은 밤, 그들이 말하는 김 작가는 선생과 거스 폴의 배웅을 받으며 무사히 귀가했다.

장님 할머니 헬렌 이야기 눈뜬 자 눈먼 자 기원은 어릴 적 읽은 아동문학독본으로 거슬러 올라가야 할 것 같다. 수수나무와 늙은 잠자리 주고받는 대화는 깨알 재미였다. 재미있으니 저절로 외워지고 세월이 흐르면서 잊고 살았는데 생각이 났다.

늙은 잠자리가 잘 곳 없다며 수수나무한테 하룻밤 재워 달랬다. 마른 수숫대를 마나님으로 칭송하며 손이 발이 되게 빌었지만. 그녀는 거절했다. 거절 이유가 빈방 없다 이브자리 없다 아니고 '당신 눈이 무서워서' 못 재워 준다는 것이다. (방정환 「늙은 잠자리」)

우리 할머니 말씀도 있다.
'잠자리는 눈이 여러 개라서' 잘 수 없고. 수숫대들도 눈이 있는데 '수숫단 속 어딘가에 숨어 있다'며 찾아보라고 하셨는데. 나는 찾지 못했다.

　헬렌 할머니 핸드백이 사흘 굶은 강도 놈 눈에 띄었다. 칼까지 든 그놈이 가방끈 자르기는 성공했지만 착지에 실패했다. 할머니는 구둣발로 강도를 제압했다. 그녀는 팔순에 장님인데도 발을 헛디디지 않았다. 헬렌은 강도야! 외치지 않았다. 가방값을 물어내라고도 하지 않았다. 집으로 데려가 먹이고 입히고 족보까지 만들어 주며 비틀즈 시대 보통 청년으로 살아가는 길을 열어주셨다.

　밝은 눈과 숨은 눈. 강도 놈의 시원찮은 눈과 맹인 할머니의 지혜로운 눈… 아마도 『베이비 브라운』은 그 눈들이 쌓이고 모여서 집필로 이어지지 않았을까.